众神在上

尼泊尔的人间烟火

苏迪 著

上海社会科学院出版社

序言：尤内斯库

"尤内斯库"不是某位罗马尼亚剧作家或者足球明星，而是一个英文单词的缩写：UNESCO（United Nations Educational Scientific and Cultrual Organization），翻译成中文就是："联合国教育、科学及文化组织"，但我们更习惯听它的简称："联合国教科文组织"。这个组织之所以出名，是因为它有一张越写越长的名单，叫作《世界遗产名录》，名单上的所有世界遗产都是人类最需要保护的东西。它们总共由三部分组成：自然遗产、文化遗产和复合遗产。

自然遗产，指的是那些看上去奇奇怪怪的地方，或者那些有许多奇奇怪怪动物、植物出没的地方；文化遗产，指的是那些最有趣的文物，现在还增加了一种非物质文化遗产，指的是那些最有趣的风俗、

001

NEPAL

礼仪、手艺、语言、表演；复合遗产更容易理解，指的是那些既奇怪又有趣，既是自然遗产又是文化遗产的地方。

中国的国土面积很大，所以总共有四十八处世界遗产（截至2016年），相对来说，尼泊尔是小国，但它也有两处自然遗产和两处文化遗产：萨加玛塔国家公园、奇特旺国家公园和加德满都谷地、佛祖诞生地蓝毗尼。

为什么我要在这本书的序言中提到这些世界遗产呢？因为这些旅途随笔其实写在三年前。尼泊尔这三年已经人是物非：不仅卢比兑换人民币的汇率发生了变化；这个国家还进行了行政区划改革，将原本的十四个地区重新归并成了七个省；更重要的是，2015年4月的一场地震让这个国家，甚至整个世界，蒙受了损失。

除了人员伤亡，两座国家公园当然不会发生太大变化，或者说，几千年来，它们一直都在经历这种变化；佛祖的诞生地一千年前就已成了废墟；但这场里氏8.1级的地震，却让加德满都谷地的大量保护建筑从我们眼前永远消失了。

加德满都谷地文化遗产共有七组历史遗址和建筑群：加德满都的杜巴广场、帕坦的杜巴广场、婆克多堡的杜巴广场、斯瓦扬布纳特佛塔、佛陀纳特佛塔、帕舒帕蒂纳特印度教寺庙和昌古-那罗延印度教寺庙。

一旦毁灭之神湿婆发威，即使维护之神毗湿奴也只能唏嘘：

加德满都杜巴广场上的那座木楼已经不复存在，以后，加德满都将逐渐忘记它为何而得名。另外，白色的王宫也已经坍塌了一半，王室的尊严丧失殆尽；帕坦杜巴广场的三层楼建筑全都不见了；婆克多堡杜巴广场上最美的伐娑罗·近难母神庙也已变成了一堆碎石；斯瓦扬布纳特变成了歪脖子；佛陀纳特的主塔出现了一道裂缝，副塔不见了；昌古-那罗延神庙周围的建筑全都消失了；只有帕舒帕蒂纳特得以幸免。

这场灾难也是我出版这本书的主要动因，既然曾经发生在我眼前的那些事物已经变成了历史，我想，我有义务将它们转述众人。

值得一提的是，一旦你开始阅读这本书，你就会不断在括号中发现很多弯弯曲曲的文字，它们都是当地文字，如果你并不享受那些挂衣钩一样的文字，你可以直接忽略它们；通常紧随其后的，就是这些"挂衣钩"的拉丁转写，我采用的是**国际梵语转写字母**（IAST）和**威利转写**（Wylie transliteration）方案；如果有必要，我还会列出这个词的英语书写方式。

此外，由于这些"挂衣钩"的中文译法很多，翻译它们也着实让我伤透了脑筋。最终，我采用了一种相对古老的翻译方法，从古籍中选出了一些人名、地名的对应中文。相对于转译自英语的现代主流中文翻译，它们保留了更多的韵味和梵语读音。

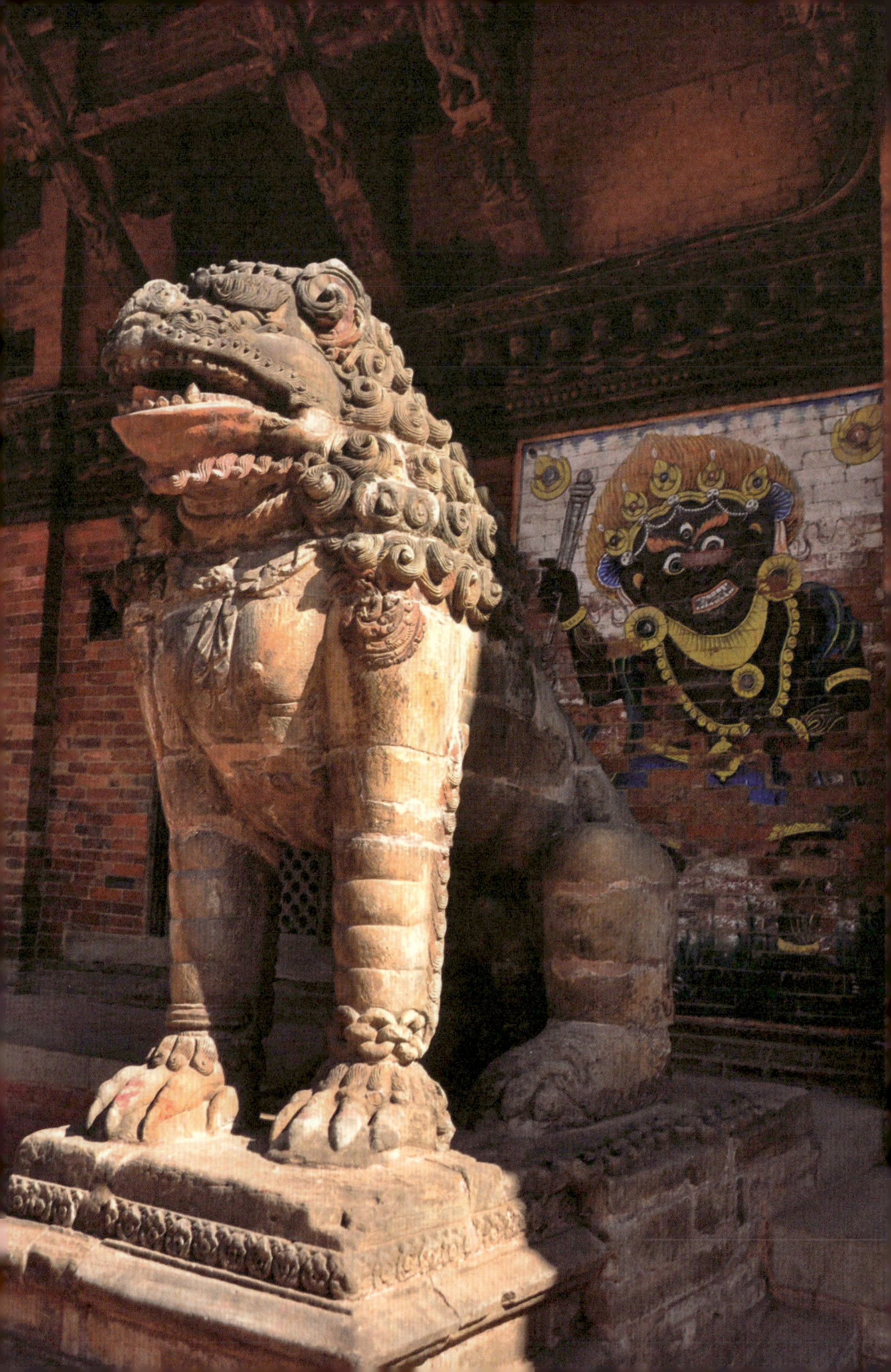

CONTENTS 目录

序言：尤内斯库 *001*

哥达里 Kodari कोदारी

比邻而居的小鸟 *001*
阿尼哥·西轩 *007*

杜丽凯勒 Dhulikhel धुलिखेल

豪华客房 *012*
大面包里的香肠 *018*
泥婆罗 *024*

巴尼帕 Banepa बनेपा

骄傲 *032*

帕瑙蒂 Panauti पनौती

据说，它是尼泊尔最古老的城市 *040*
吃货 *048*

加德满都 Kathmandu काठमाण्डू

尼泊尔的京城 *054*
我是一个洁癖 *061*
圣地前的世俗生活 *068*
摔角手的子孙 *076*
归宿 *084*
尼泊尔的秦始皇 *090*

班迪堡 Bandipur बन्दीपुर

牛仔生活 *096*

博克拉 Pokhara पोखरा

被中国人"占领"的商业区 *104*
乡村 *109*

丹森 Tansen तानसेन

民宿 *114*

蓝毗尼 Lumbini लुम्बिनी

佛教圣地 *121*
世界寺庙博览会 *127*

奇特旺 Chitwan चित

小奥巴马 *135*
那些动物 *141*
塔鲁双侠 *146*
河景旅舍 *153*
历险记 *160*
邂逅 *167*

乐丽多堡 Lalitpur ललितपुर

精　致 *173*

吉耳蒂堡 Kirtipur कीर्तिपुर

荣耀 *181*

婆克多堡 Bhaktapur भक्तपुर

兄弟阋墙 *188*

尾声：尼泊尔的历史 *196*

比邻而居的小鸟

　　樟木是一座小镇，**哥达里**（कोदारी，kodārī，Kodari）也是一座小镇，两座小镇比邻而居，就好像两只相依为命的小鸟。它们深藏于神秘的喜马拉雅深处，却分属两个不同国家：樟木属于中国，哥达里属于尼泊尔，无论人种、语言、文化，还是风俗习惯、思维方式，这两个国家都截然不同。

　　虽然从樟木到哥达里的直线距离很近，但它们并不在同一个水平面上：海拔似乎立刻下降了好几千米。一路顺着陡坡曲折而下，无需耗费半点气力和汽油，汽车就顺利到达了口岸。

NEPAL

　　樟木-哥达里口岸是一个很有意思的地方。事实上，任何地方的口岸都很有意思：它能够强行划开一片相连的大陆。你跨过了它，然后你就会发现，那一边，大多是四川人（而不是西藏人）；这一边，大多是尼泊尔人。尼泊尔男人头上戴着传统的粉红色圆台型帽子，他们叫它**达卡帽**（ढाका टोपी, ḍhākā ṭōopī），因为据说，那种花样来自孟加拉国的首都达卡；或者牛仔帽，那些是商贩；或者头巾，那些是游民；或者军帽，那些是尼泊尔的边防士兵。边防士兵不允许你在中尼友谊桥上拍照，尽管你的心中满怀诚挚的友谊；他们还有一项职责：请你去破旧的边防站盖一个图章。由于他们知道，中国方面的安全检查非常严格，他们并不会花一大笔钱，安装几台仪器，扫描你的背包。

　　我们在一家小饭馆里吃了午饭：一碗面。这碗面很有中国特色。面里的肉很少，售价只要40尼泊尔**卢比**（रूपैयाँ, rūpaiyāṃ, Nepalese Rupee），折合人民币3元。由此可见，尼泊尔的消费水平很低。不过令人感到惊讶的是，小镇上的所有商铺几乎都在贩卖中国商品。你不得不佩服中国商人压低成本的能力。

尽管总有一些人热衷于包车生意，也总有一些人热衷于包车，你还是毫不犹豫地买了长途汽车票。所谓的长途汽车，都是印度生产的TATA牌客车。这些车虽然与现代元素毫不相干，但它们会给你带来安定感：看上去很结实、很强壮，甚至有一些笨重。它们的内部都会按司机的个人喜好精心装点，所以在这个世界上，你绝对找不到两辆完全相同的尼泊尔长途汽车，司机通常会在车厢各处贴满五颜六色的亮片，你也会看到神明的画像和各种可爱的卡通贴纸。售票员对外国人尤其热情，那是你的

NEPAL

特权，当然你也应该知道，他卖给你的票会比卖给当地人的更贵。在这里，你无需动用别处的逻辑，更贵的车票本身也是特权的一部分。由于担心汽车颠簸，你并不情愿把行李放在车顶上，它们随时都有可能飞上天。车厢里早已人满为患，根本塞不进任何东西。幸好我们有特权，我们找到了售票员。售票员想到了一个绝妙的主意，他用钥匙打开了平时轻易不让人使用的后备箱。里面积着一层灰，但正好能够容纳我们的大背包。

尼泊尔的客车从来都很拥挤，而且在尼泊尔人的字典里，根本不存在"超载"这个词，或者，后来它变成了一句

难听的脏话，所以被政府取缔了。无论如何，你永远不会听到这个词在你耳边响起：如果座位坐满了，你就坐在发动机的盖板上；如果发动机的盖板也被人占了，你就坐在四处堆放的货物上；如果哪儿都坐不下了，你就站起来；如果连站立的空间都没了，太棒了，你就又可以坐下了，但这一回，你得上车顶。反正，只要你能想方设法上车，司机和乘客都不会在乎这些小节，售票员更不会在乎，他只顾着收钱，即使人再多，他也从不会遗漏。但我们是外国人，我们有特权。我们的车票上标明了手写的座位号，所以我们可以对号入座。只是可怜了占了我们座位的当地人，他们一定感到莫名其妙，他们会感叹自己今天的运气不好，只想马上冲进那些印度神庙里拜一拜。

TATA终于启动了。因为尼泊尔曾是英国的殖民地，所以原则上，尼泊尔汽车的行驶方向和英国相同。也就是说，和中国大陆相反。也就是说，和中国香港相同。不过，你却根本看不出有什么区别，因为这里的道路并不宽，汽车永远行驶在道路正中，而且道路上充斥着五花八门、来自世界各地的车辆，有一些方向盘在左边，有一些方向盘在右边，还有一些方向盘在中间，或许……并不存在这种情况，不过也很难说，谁知道呢？在这么奇妙的国度，一切都有可能发生。

车没开出多远，就停了。突然有一群警察把TATA团团围住，就好像车上躲着七十二个恐怖分子。他们登上本已拥挤

NEPAL

的TATA肆意翻看。尼泊尔人纷纷出示了税单和他们随身携带的各种中国商品。警察没有找我们的麻烦，因为我们是外国人，我们有特权，而且我们的背包被锁进了后备箱，他们并没有发现。

然后TATA再次启动。在接下去的三个小时里，它将一站一站地缓慢前行，直到把我们送到目的地。

阿尼哥·西轩

阿尼哥
1244—1306

我们乘坐的TATA，就好像一只见了老虎落荒而逃的野牛，仍在**阿尼哥公路**（अरनिको राजमार्ग，araniko rājamārga，Araniko Highway）上气喘吁吁、跌跌撞撞地奔跑。公路两旁，是树林、悬崖、村落、农田，更远处，你还能看到几座雪山。公路偶尔也会经过几座市镇，那里有刷得五彩缤纷的房屋和穿得五彩缤纷的妇女。至于这条公路本身，它是中国政府在20世纪60年代修建的。它连接着中尼友谊桥和尼泊尔的首都加德满都，它是中尼友谊和中国货物进入尼泊尔腹地的必经之路。

　　和老挝的13号国道，以及中国援建的其他大多数道路一样，这条公路也早已经年久失修。正如鲁迅所说："一劳永逸的话，有是有的，而一劳永逸的事却极少。"你为他们铺了一条漂亮的公路，但你不可能天天帮他们照料。鉴于这条highway的现状实在非常糟糕，TATA的车速和你的心情显然根本high不起来。如果一定要你说出它跟high这个词到底在哪里沾边，可能只是它的海拔。在这一方面，它的确高高在上，阿尼哥公路一直沿着喜马拉

阿尼哥设计的北京妙应寺白塔

雅山脉南麓西行，平均海拔将近两千米。

当然，"**阿尼哥**"（अरनिको, araniko, Araniko）不仅仅是这条公路的名字，事实上，他还是一位杰出的历史人物。据记载，他生于公元1245年，卒于公元1306年，是中国元朝的一位光禄大夫。所以确切地说，这条公路是以他的名字命名的。你一定会感到奇怪，为什么会有人为自己的孩子取这样一个名字：既是"阿尼"，又是"哥"，听上去有些矛盾，你不知道他到底是男孩还是女孩。但鉴于阿尼哥其实来自尼泊尔，他的父母都是最正宗的尼泊尔人，而且他们在为小阿尼哥取名字的时候，根本半点中文都不懂，所以你也没什么可抱怨的。当然，后来阿尼哥来到了中国，鉴于全中国都对他的名字感到奇怪，他只好为自己另想了一个中国名字——**西轩**。

不得不承认，阿尼哥·西轩先生是一个特别多才多艺的人，用现在的话讲，这家伙就是一个天才：阿尼哥不但看书过目不忘，上通天文、下通地理，口才也好得惊人，而且他会多门外

NEPAL

语，从小写字就让长辈自愧不如；作为一个曾经剃度出家的虔诚佛教徒，他先后设计过三座佛塔、九座佛寺，还跨界为其他神明分忧，建造过两座孔庙和一座道观；阿尼哥还特别精通绘画。就好像蒙娜丽莎一直在罗浮宫里微笑，他画的那些人物也一直都在台北故宫博物院的某个角落里微笑。你会看到他们栩栩如生的样子，他们仿佛正要和你聊天。在我看来，阿尼哥画得一点都不比小他两百岁的西方画家、同样多才多艺的大天才达·芬奇差。如果没有他，我们永远无法知道忽必烈和他的老婆察必其实都是长着一对绿豆眼的大胖子；另外，毫无疑问，阿尼哥还是一个魅力超群的人，他不但知道如何讨皇帝欢心，还知道如何讨女孩子欢心，只是似乎有一些滥情：除了远在尼泊尔的原配，阿尼哥还娶了两个蒙古老婆和七个汉族老婆，就这一点而言，他显然比达·芬奇更加上进。

鉴于阿尼哥的过人天赋、他与中国（女人）的深厚交情，以及他在建筑方面的伟大成就，他的名字最终被刻在了这样一条重要公路的路牌上。但如果他知道，以他名字命名的这条公路其实如此不堪，我想，他一定会暗自垂泪，因为

阿尼哥设计的五台山大白塔

他设计的庙宇、他建造的佛塔、他修理的机械、他写的字、画的画、塑的像，甚至他娶的老婆都非常漂亮，毫无疑问，他是一个唯美主义者。幸好，我们都知道，几百年前，阿尼哥就已经死了，事实上，他不会有机会见到这条破旧的公路，所以那也无所谓。

TATA依旧在阿尼哥公路上翻滚，你的屁股都快要炸了，你不知道为什么那些尼泊尔人还能在车顶上谈笑风生，你相信，如果明天就把他们送进马戏团，不出三日，他们就会成为世界上最好的杂技演员。

好在，你无需坚持到这条公路的尽头。当TATA经过**巴格马蒂地区**（बागमती अञ्चल，bāgamatīañcala，Bagmati Zone）**加婆雷帕朗措县**（काभ्रेपलाञ्चोकजिल्ला，kābhrepalāñcokajillā，Kavrepalanchok District）首府**杜丽凯勒**（धुलिखेल，dhulikhela，Dhulikhel）的时候，你赶忙跳下了车。

在尼瓦尔语中，"杜丽凯勒"的意思是"老虎的乐园"。作为一只"老虎"，我必须要在这里多待几天。

NEPAL

吉耳蒂堡　乐丽多堡　丹森　帕瑞蒂　博克拉　班迪堡　婆克多堡　蓝毗尼　巴尼帕　加德满都　哥达里　奇特旺　杜丽凯勒

豪华客房

　　尼泊尔人从来热情好客。刚下车，你就被几个男青年包围了。他们向你问好，并向你伸出了表达敬意的右手。其中一个人会说英文，他自称知道哪里能够找到高雅但又不那么昂贵的酒店。由于TATA在阿尼哥公路上耗费了太长时间，天色已经开始暗沉，我们于是决定先去他"姑妈"开的酒店看看。

　　这家酒店其实距离车站不远。穿过来往车辆并不算多的阿尼哥公路，往前走三十米，你就会看到一家酒店的英文招牌，招牌很大，也很别致，但这家酒店并不是你要找的……

再往前走二十米，你才会看到另一块同样大的英文招牌："Hotel Gaurishanker"。然后，你只需顺着如圣诞花般艳丽的矮墙，再往上走三十级台阶……幸好，这里的台阶并不会像**高里-商羯罗**（गौरीशंकर，gaurīśaṅkara，Gaurishankar）那样高不可攀。

高里（गौरी，gaurī，Gauri）、**商羯罗**（शंकर，śaṅkara，Shankar）是一对高高在上的神明夫妇。和他们一样，高里-商羯罗峰同样矗立在高处：海拔7134米，人类总共只登顶过三次。高里-商羯罗峰在中国也被称为"扎西次仁玛峰"，**扎西次仁玛**（བཀྲ་ཤིས་ཚེ་རིང་མ་，bkra-shis Tse-ring-ma）也是西藏的一位女神。

如果没有亲眼所见，你绝对无法想象，这家以神明名字命名的酒店有多么神奇：酒店入口只有几间低矮的彩色房子；但走进几步，你就会发现里面还有一个大花园，花园里栽着各种不知名的有趣植物；中间是一个平台，平台同样被圣诞花色的矮墙隔成了四块，里面放着桌子，和椅子；在平台四周，主人还种上了几簇真正的圣诞花。你在这里看不到其他住客，酒店显得格外清静，只有几个全职或者兼职的员工正在里面走来走去。他们衣着得体，见到你之后，他们全都停下了脚步，他们面带微笑，向你致意，尽管他们没有送上一束鲜花，但你仍然感觉自己就好像一位公主。

"姑妈"告诉我们，她的酒店总共只有两间带有卫浴设备的豪华客房，但正巧，它们都空着。我们很高兴，于是就跟着她的

NEPAL

儿子去看房间。

哦，那间豪华客房其实在一个三层楼高的塔台，不，塔楼，不，碉楼上面。它正对着悬崖，悬崖前面就是白色的喜马拉雅山，你也搞不清楚，到底哪一座是他们说的高里-商羯罗，反正它们都在你的眼前。既然被称为"豪华客房"，它自然非常宽敞：大约有五十平米。鉴于它是塔楼顶端唯一的房间，实际上，它只有一面墙，另外三面都是明亮的玻璃窗。只要拉开窗帘，你就能透过玻璃窗看到雪山。你和一大片白色之间，只隔着几个正在移动的黑点：乌鸦从你的右边一掠而过，瞬间飞到了你的面前，然后，它们又去了你的左边。站在这里，你觉得自己就好像一个被囚禁在城堡里、正在等待王子救援的公主。既有一些孤独，内心又很激动；既有一些寒冷，又充满着热情；既单纯，又躁动；既畏惧，又沉醉；既艰难，又幸福。

经过一番讨价还价，我们给了"姑妈"900卢比（约合人民币60元）。她"侄子"问我们要小费，我指了指他的"姑妈"，"姑妈"发了几句牢骚，给了他20卢比，打发他走了。

我们回到豪华客房里，放好了东西，此时，雪山已被最后的暮光染成了金色。为了让豪华客房的金色与雪山的金色遥相呼应，我们打开了房间里所有的灯，但没过多久，它们突然熄灭了。我们急忙跑下塔楼去找"姑妈"。"姑妈"说：

"那很正常，因为杜丽凯勒开始停电了。但别担心，这里白天停电八个小时，晚上只停电四个小时，所以再过三四个小时，电力就会自动恢复供应。在此期间，你们可以使用应急照明设备。"

然后，她给了我们一个手电筒。

她还建议我们在酒店里一边吃晚饭，一边等待电力。但我看了一眼菜单，在这里连吃三个小时一定需要花费很多钱，所以我们走出了酒店。

阿尼哥公路两边有几盏路灯，但鉴于整个杜丽凯勒都在停电，这些路灯自然没有派上用场，每一个行人都必须带上他们自己的"应急照明设备"。一些店铺闪烁着微弱的白光或者黄光，那些也都是"应急照明设备"和蜡烛。我们在一家杂货店里买了几瓶饮用水和一些我们认识的食物，然后又在一家名叫**"冬季花**

NEPAL

园"（Winter Garden）的小饭馆随便吃了一顿烛光晚餐。刚从冰天雪地的青藏高原下来，你完全不能理解，为什么尼泊尔人喜欢冬季的花园，或许，他们只是喜欢百老汇的**冬季花园剧场**（Winter

Garden Theatre），或许他们根本没有听说过那个剧场。

一个小时后，我们回到了酒店。但你发现，非但电没有来，而且水也停了……夜色下，没了水和电的都市人显得有一些不知所措，手机、电脑都无法支撑太久，那是现代化的弊端。而那些全职或者兼职的员工，此刻却享受起了他们最清闲的时光，弹起了吉他，唱起了歌谣。

NEPAL

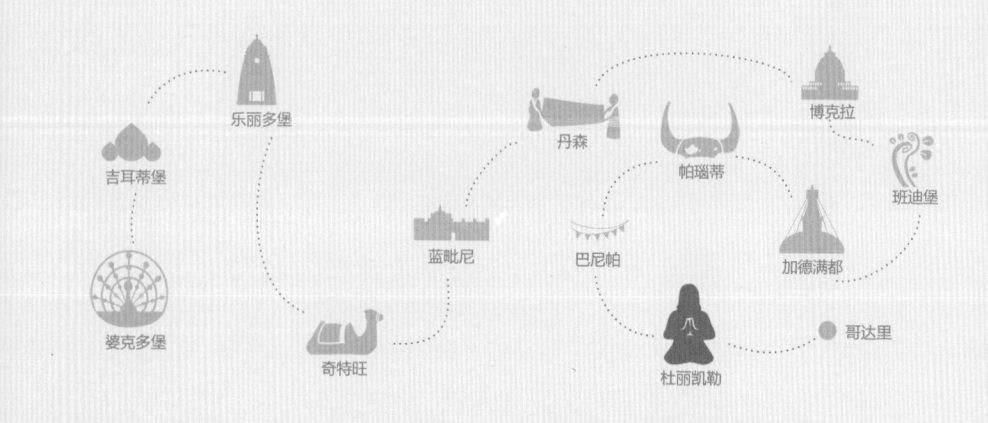

乐丽多堡　丹森　博克拉
吉耳蒂堡　　帕瑠蒂　班迪堡
　　　　蓝毗尼　巴尼帕　加德满都
婆克多堡　奇特旺　　杜丽凯勒　哥达里

大面包里的香肠

　　早晨，醒来后，我打开了窗。明亮的空气立刻从你对面的雪山涌了过来，你闻到的，正如你听到的，正如你看到的，全都是自然：泥土、花、草、树林、鸟、晨曦、白云、蓝天。哦，太美了。被囚禁在城堡顶端的公主如此惬意，王子为何不解风情……只不过，我们的豪华客房里仍旧没有水……和电：晨露还没有蓄满傲骄的水箱；电已经来过了，但它又悄无声息地走了。

　　想要简要了解这个国家的能源状况，你得先抱来一台地球仪，或者打开你的手机，看一眼它在谷歌地图上的位置。尼泊尔非常特别，这个不算大的南亚国家只有两个邻国：北方强邻和南方强邻。它被紧紧地夹在两个超级大国当中，就好像一根被塞在两片超级大面包里的香肠。

尽管背靠着世界最大的水库——青藏高原，而且它慷慨大方的北方强邻也总是愿意为它提供一些技术援助，但为了不惹恼它爱发脾气的南方强邻——它的三条大河都将汇入它南方强邻最引以为傲的圣河，也为了保护我们眼前的这一片自然，它并没有大张旗鼓地开发它的水力资源。近几年，随着它的国民对电器越发依赖，它也越发成为了一个缺电的国家。要知道，尼泊尔人一生中的百分之五十时光，都是在停电中度过的。他们不得不面对缺电的环境：他们当然不会去买冰箱，因为两天后，冰箱里的棒冰就会重新化成果汁；他们也不会去买电饭煲，不然能不能吃饭就得视情况而定；他们更不会使用自动取款机，天晓得那些钞票会不会卡在机器里……但每家每户至少都会配备一套可以充电的"应急照明设备"，幸好，就算在情况最糟糕的省份，每天的停电时间也不会超过二十四个小时。

当然，停电也未必就是一场灾难，正如你也不得不趁着所有电器失灵，像他们一样，出去享受一下美好的闲暇。

走在大街上，我们发现，尽管这个国家严重缺电，但它的电线数量却是世界一流的：蓝天上牵挂着无数条黑丝线，它们就好像竖琴的琴弦，虽然你也知道，此刻，并不会有滚烫的旋律在那

NEPAL

里流淌。

尼瓦尔厨房（D. Newa Kitchen）是当地的一家饭馆，在那里，你指着一张你完全看不懂的英文菜单，点了几道你从来没有听说过的小菜。它们当然不对你的胃口，但是很明

显，尼泊尔人喜欢吃那些油炸食品。杂货铺里的薯片也是当地最畅销的零食。

星期六学校停课，但它们并没有关门，小学生正在里面打篮球。他们发现我长得高大（只是相对于他们和普通尼泊尔人），于是邀请我和他们一起玩。对于他们和他们的迷你篮球架来说，我的确就是姚明。尽管这个"姚明"篮球打得非常糟糕，他一个球都没有投进，但他们并不在乎，他们笑得比见到了真正的姚明还要开心。

然后，我们又经过了一块足球场。这块足球场位于半山腰，它并不专业，当然无法和**温布利体育场**（Wembley Stadium）相比：它只在两边长草，当中不长草；长出来的草也早已经变成了

NEPAL

黄色；它没有顶棚，甚至还有一些倾斜。但这些都无法阻止当地人热爱足球这项运动，他们换上了统一的球衣、球裤、球袜和球鞋，还有很多人站在场边，随时准备上场。说实话，你喜欢这类免费的场地，你也喜欢这种氛围，而且这里的风景很好，丝毫不亚于你的豪华客房，如果可以，你也想天天来这里踢球：当球传过来的时候，你就踢两脚；如果你的球被对方抢走了，你就一边欣赏雪山，一边继续散步。然而，鉴于中国篮球的脸面已经被你丢尽了，你并没有真的尝试那样去做，你不想再坑害早已奄奄一息的中国足球了，而且这块场地没有围墙，你稍一用力，皮球就

有可能飞进后面的喜马拉雅山。

　　与此同时，另一群年轻人正在公园里举办舞会，他们来自别的城市，今天是学校春游的日子。舞会不能没有音乐，播放音乐不能没有电，但公园里没有电源，即便有，杜丽凯勒也在停电。幸好，他们早就养成了自带柴油发电机的习惯。在喧嚣的发电机和更喧嚣的音乐节拍中，他们跳起了欢快的舞蹈。你发现，他们的手脚都很协调，那是舞王**那吒罗阇**（नटराज，naṭarāja，Nataraja）赐予的恩泽，但令人惊讶的是，他们的舞步和音乐都来自西方。不过，他们的午餐还是那些传统的油炸食品，他们也自带了液化气和锅灶。

NEPAL

乐丽多堡　丹森　博克拉
吉耳蒂堡　帕瑞蒂　班迪堡
蓝毗尼　巴尼帕　加德满都
婆克多堡　奇特旺　杜丽凯勒　哥达里

泥婆罗

翻开历史书，你会发现一个名叫**"泥婆罗"**（नेपाल，nepāla）的国家——现在，我们都叫它**"尼泊尔"**（Nepal）。事实上，这个国家从来没有改过名字，直到今天，当地人仍然叫它"泥婆罗"，只是我们已经成了英国人的马仔，习惯了英国人的发音。

至于"泥婆罗"这个名字是怎么来的，大多数人都相信：很久以前，这里来了一位名叫**"泥"**（ने，ne）的神仙，由于他是神仙，他很快当上了老大，在梵语中，"老大"就是**"婆罗"**（पाल，pāla），所以人们就将他的这块地盘称为"泥婆罗"。

这种说法牵强，因为我们知道，雅利安人到来之前，这块地方曾住着一群土著。他们的语言属于汉藏语系，不属于印欧语

आशिष टेलर्स
GroupFour
लेडिज टेलर्स
EVEREADY
EVEREADY
EVEREADY
EVEREADY
EVEREADY

系。换句话说，公元16世纪之前，当地人根本不会说梵语。

鉴于"泥婆罗"古代也经常被人们称为"婆罗"，而且这里的羊毛确实不错，这个名字很有可能来自西藏。在藏语中，**"婆罗"**（བལ, bal）就是"羊毛"。

但我还是更偏爱另一种说法：泥婆罗曾是尼瓦尔人的天下，那时候，"尼瓦尔人"就是"泥婆罗人"，"泥婆罗人"就是"尼瓦尔人"。所以"泥婆罗"和**"尼瓦尔"**（नेवार, nevāra, Newar）很有可能是同一个词。而在尼瓦尔语中，"泥婆罗-尼瓦尔"可以解释成"中间的国家"。合情合理！任何国家都喜欢称自己为

"中国"，比如说，我国；印度也有一个"中国"——**摩迪亚底舍**（मध्यदेश, madhyadeśa），在梵语中，**"摩迪亚"**（मध्य, madhya）就是"中"，**"底舍"**（देश, deśa）就是"国"。

也许这些都不是正确答案，那不重要。无论如何，当结构简单、色彩艳丽的尼泊尔当代建筑占领整个杜丽凯勒新城的时候，是那些尼瓦尔古代建筑，将这个国家的审美，在杜丽凯勒老城中原封不动地保存了下来：它们的砖块优雅地裸露在外，堆叠得非常考究，中间还镶嵌着漂亮的雕花木头门窗。

我们走进了**湿婆**（शिव，śiva，Shiva）名下的一座寺庙。湿婆是印度教的主神，只听他的名字，你会以为他是一个又老又丑的巫婆，其实他是男的，有三只眼睛、四只手、一千零八个名字。由于他法力无边，每个人都有很多愿望想让他帮忙实现，但我们知道，南亚的人口众多，他实在很累，所以只好躲了起来：这座寺庙陷在地下，显得格外清静，湿婆变成了青苔中的石像，就坐在寺庙正中；对面的墙上有几句歌颂朋克的涂鸦；平台上有一条正在觅食的野狗；但还是有几位小姐找到了他。他们把红色和黄色的小花磨成了浆液，然后将它们涂在

了自己的额头上,和石像(湿婆)的额头上。

寺庙里还有一个老头。他告诉我们他很喜欢中国。他知道中国在哪儿。他随手指了一个方向。我想他应该不会弄错。但他不知道北京和上海,他从来没有听说过它们。他知道外国人有钱,他以为外国人都很有钱,但他一点都不羡慕。他觉得,如果他们(我们)能够自得其乐,那也好,但那样的生活其实非常空洞,正如他自己的生活。最后,他从口袋里掏出了一截木头,那是最简易的烟斗。他问我要不要抽烟。我说我不会抽烟。他说那个不是普通的烟,那是一把钥匙,它能打开另一个世界,然后他自顾自地深深吸了一口……

杜丽凯勒还有一座**迦梨**（काली，kālī，Kali）神庙。迦梨是一个古怪的疯婆子：她浑身漆黑，满面凶光，露着洁白的牙齿，吐着鲜红的舌头；她比正常人多两只手——一只手举着一把血淋淋的刀子，一只手提着一颗血淋淋的人头；她前胸赤裸，就那样直挺挺地站在湿婆身上，脖子上挂着一串人头项圈，胯间系着一串人手腰带。如果在马路上撞见她，你一定会被吓得瘫软在地。你心想，连湿婆都被她踩在了脚下，她一定是一个凶残而又可怕的女魔头。但事实正好相反，这位迦梨女士其实是一位深受当地人爱戴的女神。由于她能掌控时间，而且在梵语中，"迦梨"既是

"黑"又是"时间"的意思,她也被我们称为"时母"。

时母的神庙里有一个低矮的祭坛。另一个同样古怪的"疯婆子"正盘腿坐在那里:她紧闭着双眼,嘴里念念有词,不停地晃动着脑袋,头发一直飞在空中。我们不知道她到底在说什么,听不清,听清了我们也听不懂,但是很明显,此刻她不是在为自己说话,迦梨的魂魄已经附到了她的身上。所有人都神情严肃地望着她。他们不敢靠得太近,生怕她突然长出两条手臂,用刀砍下他们的脑袋。孩子们甚至捂住了脸。但她并没有理会世俗的疑虑,双手继续与空气搏斗。无论她正在和谁对话,你都会佩服她的口才,她已经说了整整一个小时。终于,她停了下来,打开可乐瓶,喝了一大口水。

和随处可见的寺庙一样，在这座城市，马恩列斯毛的头像和口号也随处可见。当地人像爱戴湿婆、迦梨一样爱戴他们，而他们也不排斥与那些宗教人物共处。镰刀斧头和"卍"字符号被画在了同一面墙上，它们完美地融合到了一起。

NEPAL

乐丽多堡　丹森　帕瑞蒂　博克拉
吉耳蒂堡　　　　　　　　　　班迪堡
　　　　　蓝毗尼　巴尼帕　加德满都
婆克多堡　奇特旺　杜丽凯勒　哥达里

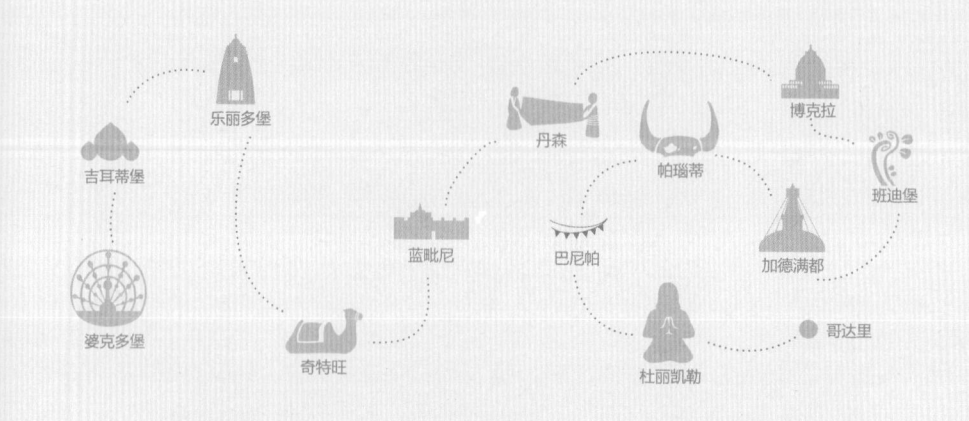

骄　傲

尽管建立之初，**巴尼帕**（बनेपा, banepā, Banepa）曾被一位国王当作都城来使用，但坐在TATA上，你根本看不出它有什么特别：和五公里外的杜丽凯勒一样，它只是一座平凡的尼瓦尔小镇。不过，这座尼瓦尔小镇的尼瓦尔名字——**博陀**（भोत, bhota）——却说出了一个秘密：西藏古代也叫**"博陀"**（བོད, bod），所以巴尼帕就是小西藏，一定有很多西藏人来这里做过买卖。

而在尼泊尔语中，"巴尼帕"就是"市集"，所以刚下车，你就看到了一个市集：葛内舍市场。这个名字恰到好处，在南亚，财富和智慧的确由肥头大耳的象头神**葛内舍**（गणेश，gaṇeśa，Ganesha）掌管。

葛内舍市场并不大，天上挂着五色彩旗：红、蓝、粉、黄、绿；地上摆着各种廉价商品：服装、文具、玩具、劳具和其他日用品。虽然这些商品并没有标明产地，但你一眼就看出了它们的来历——你伟大的祖国；小贩还在市场上兜售各路神仙的画像，那些倒是土特产：不但有象头神葛内舍，还有象头神的爸爸湿婆，象头神爸爸的另一个儿子、葛内舍的同胞兄弟、战神**室建陀**（स्कन्द，skanda，Skanda），猴神**哈奴曼**（हनुमान，hanumāna，Hanuman）和佛陀。尽管你敢肯定，在这个世界上，绝没有人亲眼见过这些

NEPAL

神仙，但阿尼哥的同胞还是将他们描绘得栩栩如生。他们对着你微笑，就好像真的站在你面前，只是他们的长相和打扮都有一些另类……无论如何，画像很畅销，尼泊尔人会将它们贴在家里的每一个角落。

市场边上有一个水池，你不知道它的名字，但它一定不是一个普通水池，因为你没有看到尼泊尔妇女来这里取水洗碗、洗衣服。它被铁栅栏圈在当中，边上还摆了几张座椅，甚至座椅上还刷了油漆。天啊！这个地方应该很神圣，至少，它值得你用几句话把它记录下来，你很难在尼泊尔的公共场所见到座椅。

再朝东北走一公里，你就会看到著名的**师利旃颇舍婆里神庙**（श्री चण्डेश्वरी मन्दिर，śrī caṇḍeśvarī mandira，Shri Chandeshwari Temple），

它是我们来巴尼帕的主要原因。在梵语中,**"师利"**(श्री, śrī, Shri)用于表达敬意,它就好像一把万能钥匙,能够随时插到很多人名、地名前面——连国家的名字它都不放过:我们知道,古代有一个国家名叫**"室利(师利)佛逝"**(श्रीविजय, śrīvijaya, Sri Vijaya);现代有一个国家名叫**"斯里(师利)兰卡"**(ශ්‍රී ලංකා, śrī laṁkā, Sri Lanka)。在某些情况下,你还可以不停地重复它:两遍、三遍,甚至一千零八遍;而**"旃颓舍婆里"**(चण्डेश्वरी, caṇḍeśvarī, Chandeshwari)直译过来就是"旃陀主宰",所以"师利旃颓舍婆里神庙"其实就是"庄严旃陀主宰神庙"。据说,象头神和战神的妈妈、湿婆的老婆、雪山女神**钵伐底**(पार्वती, pārvatī, Parvati)曾和恶魔**旃陀**(चण्ड, caṇḍa, Chanda)打了一架,她最终获得了胜利,因此获得了"旃陀主宰"的称号。修

035

建这座庄严旃陀主宰神庙当然就是为了纪念她。

不得不说,神庙很漂亮,精细的石雕、砖雕和木雕再次展示了阿尼哥同胞的高超技艺;难怪一千三百年前王玄策路过尼泊尔的时候感叹,中国的绘画和雕塑无法与尼泊尔媲美。

神庙里有一个会说流利英语的警察，他很友好，也很有好奇心。他不停地向我提问，我也只好不停地回答。他还问了我两遍是不是日本人，尽管我不是日本人。其实，大多数尼泊尔人都很友好，也很有好奇心，他们喜欢自己的世界，但同样关心别人的世界，只是他们有一些腼腆，而且会说英语的并不算多。这时候，又有一个保安走过来凑热闹，他也一连问了我很多问题。但大概，我说的他什么都没有听懂，或者说，我也没能听懂他到底想问什么。总之他笑了笑，看上去很疑惑。他只会三四个英语单词，三四个单词最多只能排列组合成二十个不同的问题。当他问完二十个问题之后，我还是主动回答了他两遍，我是中国人。我猜他心里也一定特别想问这个问题。最后，我想为他们两个拍一

NEPAL

张合影，那个警察一开始并没有领会我的意思，当他得知我想让他和那个保安同时出现在同一张照片上的时候，他震惊了。尽管不知道为什么，但你看得出来，他的确很不情愿，也许他们的种姓不同。由于信仰印度教，和印度一样，尼泊尔人也按**《摩奴法论》**（मनुस्मृति，manusmṛti，Manusmriti）制定了一套严格的种姓制度：它将所有的尼泊尔人按血统和职业分成了四个大等级和一百多个小等级。如果你们的级别差得太多，你们就不能结婚，甚至不能站在一起。不过，鉴于1962年这个国家已经名义上废除了这种制度，那位警察还是妥协了。他重新束了束腰带，站得笔挺，拿出了他唯一的装备——那是他的骄傲——一台对讲机。

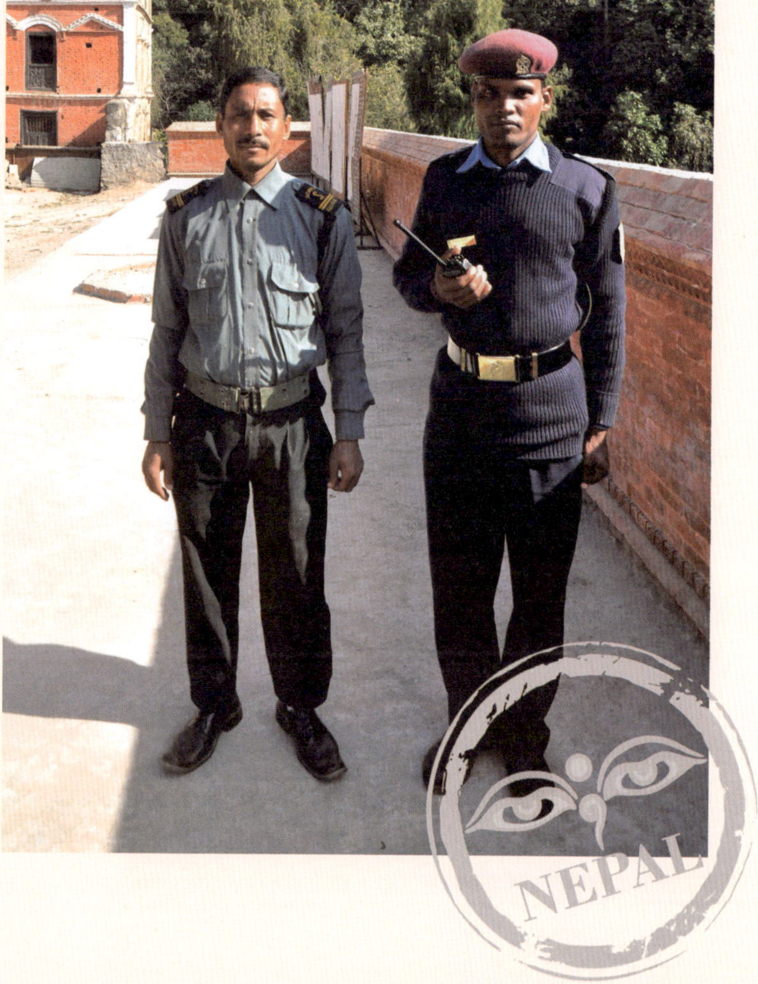
NEPAL

NEPAL

吉耳蒂堡　乐丽多堡　丹森　帕瑙蒂　博克拉　班迪堡
婆克多堡　奇特旺　蓝毗尼　巴尼帕　加德满都　哥达里
杜丽凯勒

据说，
它是尼泊尔最古老的城市

帕瑙蒂（पनौती，panautī，Panauti）仍在加婆雷帕朗措县境内，距离巴尼帕大约七公里，据说它是尼泊尔最古老的城市，曾经盛极一时。

"去帕瑙蒂多少钱？"
我问TATA的售票员。

他不假思索地回答：
"对，帕瑙蒂。"

"车票多少钱？"

"上车，快上车。"

"所以，我该付给你多少钱？"

售票员足足思考了两分钟：

"Thirteen Rupees.（13卢比。）"

"Thirteen or thirty？（13还是30？）"

"Thirteen！Ten, three！（13！10，3！）"

倒不是嘲笑他们的口音，也不是想要学习数学，13从来不是我的幸运数字，而且有时候，你必须问得更清楚。半年前，我和两个朋友就在老挝**四千岛**（ສີ່ພັນດອນ，Si Phan Don）吃过一次亏：当时，我们跟一个艄公商量好，他帮我们渡过湄公河，我们给他15000（fifteen thousand）老挝**基普**（ກີບ，Kip），约合人民币12元。我们一共三个人，每人5000基普，这个价格很合理。但当我们下船的时候，他却要我们给他50000基普。他说：

"你们弄错了，50（fifty），不是15（fifteen）。"

岸上到处都是他的亲戚，至少看上去，他们很像亲戚，他们把我们围在当中，也不说话，就那样面无表情地看着我们。艄公说，如果不交钱，他就报警。本来嘛，"有困难，找警察"，在这种情况下，你应该很乐意和警察聊一聊，但老挝的警察通常不会英语。在磨憨-**磨丁**（ບໍ່ເຕັນ，Boten）口岸，我倒是和会说英语的老挝警察打过一次交道，在他帮你办理通关手续的时候，他

NEPAL

拿走了你的护照，然后用他流利的英语跟你说了三个单词：
"Money. Two Dollar.（钱。2美元。）"

他们学习英语，只为非法向你伸手要钱，所以你最好还是不要招惹他们。后来，一个把白胡子在下巴下面编成小辫子的英国老头走了过来。他会老挝语，而且据说，他已经在那里待了几十年了，所有人都很尊重他。在他调解下，我们最终给了艄公三万基普。他告诉我们，他很清楚我们是无辜的，但他也帮不了我们，他不想惹麻烦。

同样为了不惹麻烦，我给了售票员30卢比，并告诉他，我买两张票。但很快我就发现，当地人上车只给5卢比。而且这一次你完全没有特权，非但没座位，而且直到最后，他都没有找你零钱。

来到帕瑙蒂之后，我们必须先找一个落脚点。小城里大概只有两个可以留宿客人的地方：**帕瑙蒂招待所**（Panauti Guest House）和**帕瑙蒂酒店**（Panauti Hotel）。鉴于后面那个听上去更上档次，我们毫不犹豫地选择了它。对于当地人来说，它就是洲际酒店，六层楼，很远你就望到了它。它的顶楼还有一个空中花园，那里摆着许多菊花。前台的男孩长得特别英俊，他的眼睛就好像会说话一样，你不知道他为什么要留在这里工作，你心想，他应该去宝莱坞当一个偶像明星，但当他带你去看房间的时候，我才发现他是一个瘸子，小儿麻痹症毁了他的明星梦。

无论如何，这家酒店的房间并没有令你失望，尽管不大，没有风景，也不算特别干净，但有水和电，他们有自己的发电机。

NEPAL

我不想住得太低，于是就问男孩：

"三楼有空房吗？"

"有的，先生。"

"那么四楼呢？"

"也有，先生。"

"所以我们应该住在哪儿？"

"随便你，先生。房间都是一样的。"

我最终决定住在四楼。当我填入住登记表的时候，我发现，这家酒店上次接待客人入住，已经是两个月之前的事了。

太阳落山之前，我们先去帕瑙蒂的老城转了一圈，果然，这是一座古代城市，就好像那些专为拍古装片而修建的影视基地一样：这里的房子都是东倒西歪的，但不要紧，这里的地面一样不是水平的。当地人喜欢这种不拘束的生活，他们坐在路边晒太阳，在水泥桥的栏杆上晾衣服，从不关心地心引力的方向。只可惜，这里的路面和河面都不干净，可恶的现代社会带来了许多垃圾。

师利因陀雷舍婆罗摩诃提婆神庙（श्री इन्द्रेश्वर महादेव मन्दिर, śrī indreśvara mahādeva mandira, Shri Indreshwar Mahadeva Temple）拥有全尼泊尔最高大的重檐塔式建筑——至少他们的资料是这么写的——和一个非常拗口的中文名字。其实，"**因陀雷舍婆罗**"（इन्द्रेश्वर, indreśvara, Indreshwar）是附近小村庄的名字，意

思是"灵魂主宰";**"摩诃"**（महा，mahā）就是"大"，**"提婆"**（देव，deva）就是"天神"，所以连起来，"摩诃提婆"也可以翻译成"大天"，它是湿婆一千零八个名字当中的一个。

大天的神庙周围还有几座小庙，其中一座的门梁上挂着一对水牛角。看上去，它起码已经在那里待了五百年了。

在南亚，因为黄牛是湿婆的坐骑，它们的地位特别崇高，和最高种姓的**婆罗门**（ब्राह्मण，brāhmaṇa，Brahmin）一样，甚至超过了普通人。你当然不能吃人肉，所以你也不能吃黄牛肉。五十年前，在尼泊尔宰杀黄牛会被判处终身监禁，就算现在，你也必须付出苦蹲十二年大牢的代价。但尼泊尔人爱吃水牛肉，他们也向神明献祭水牛的血和头盖骨，水牛是死神**阎摩**（यम，yama，Yama），也就是我们所说的阎罗王的坐骑，所以它们历来不受待见。也有人认为，南亚人民偏爱黄牛是因为它们乐于为人类服务，但南亚大部分的牛奶事实上来自水牛，它们的力气也更大，只是长得没那么好看，长相永远是第一位的。

NEPAL

吃货

在尼泊尔,即便餐馆老板给你英文菜单,你还是一头雾水,你的英文显然不好:

Swan Puka(स्वाँपुका,svaṃpukā)和天鹅无关,但它同样奇特,是一种用油煎过的羊肺糕;

Sandeko(साँधेको,sāṃdheko)是各种腌制品;

Pakoda(पकौड़ा,pakauṅā)其实就是油炸面糊。这种包裹着蔬菜的坚硬食物是尼泊尔人最爱的小吃;

Paratha(पराठा,parāṭhā)则是一种酥油煎饼;

同样以"P"开头的**Papad**(पापड,pāpaḍa)也是尼泊尔人爱吃的食物,它也是一种饼,但是更加坚硬。的确,那东西硬得就好像Ipad一样,有时候,你甚至可以把它拿来当作武器;

Bhatmas(भटमास,bhaṭamāsa)是一种烘干的豆子,它和Papad一样坚硬;

Chiura(चिउरा,ciurā)是一种被拍扁晾干的米。你不知道他们为什么要把米一粒粒地拍扁,它比Papad还要坚硬。

总体来说,尼泊尔人喜欢吃那些坚硬的东西。你不知道他们用哪一款牙膏,你甚至不清楚他们到底用不用牙膏、刷不刷牙,但你不得不承认,他们的牙很好,而且他们大概都有四个胃。然而,鉴于你不是一个土生土长的尼泊尔人,你也没有四个胃,你根本无法消化那些美食。幸好在尼泊尔,你还能找到很多来自中国的食物。比如说:

Chowmien是"炒面"的音译;

NEPAL

Sekuwa是"烧烤"的音译；

Choupsey是"杂碎"的音译，更像是在骂人，其实就是蔬菜炒什锦；

Fried Rice当然就是炒饭；

Spring Roll当然就是春卷；

Thukpa（ཐུག་པ, thug-pa）是藏语"面"的音译；

但我的最爱还是Momo（म:म:, maḥmaḥ）。Momo是"馍馍"的音译。

虽然尼泊尔人也叫它"馍馍"，但是很明显，它并不是中国的那种馍馍。在中国，馍馍大概就是馒头，但这里的Momo是一种以死面包裹着各种神奇馅料的万能小食：可以蒸，可以煎，可以炸，可以煮；可以蘸辣椒，可以蘸蒜蓉，可以蘸柠

檬酱,可以蘸咖喱;可以做蔬菜馅儿的,可以做鸡肉馅儿的,可以做羊肉馅儿的,可以做牛肉馅儿的(当然是水牛肉)……其实,它有一点像我们的小笼包,也有一点像我们的饺子,或者说,它就是一种长相极其怪异的饺子。英文菜单上"Kothey

NEPAL

"Momo"其实就是"锅贴","C-Momo"其实就是饺子,"C"是它的造型。我心想,为什么他们不叫它"D-Momo"呢?他们不担心它的馅儿从背后漏出来吗?

走在帕瑙蒂街头,当我们看到餐馆的招牌上写着"म:म:"这两个妖娆天城文(देवनागरी, devanāgarī, Devanagari)(尼泊尔和印度的一种文字)音节的时候,我们立刻感受到了饥饿。我们进了门。或者说,其实这家餐馆根本没门,我们只是跨过了原本应该装一扇门的地方。这不是一家专做外国人生意的餐馆,所以没有英文菜单,甚至他们连天城文的菜单也没有,因为这家Momo店根本不需要菜单,你别无选择,它只卖一种商品,最传统的那种Momo:圆形,牛肉馅儿(在尼泊尔,水牛肉比鸡肉便宜),干蒸,一盘十只,然后淋上芝麻酱,看上去很棒。我心想,为什么他们不叫它O-Momo呢?

没人会讲英语,不过没关系,你只需告诉老板娘你要吃多少就可以了。

我竖起了一根手指。

老板娘开心地晃了晃脑袋。（在南亚，晃脑袋就是点头。）

我吃完后，又竖起了一根手指。

老板娘愈发开心地晃了晃脑袋。

在这个国家，你永远见不到胖子，他们全都躲了起来。即使他们突然出现，食量再小的中国人也会比他们的胃口大三倍。好在，来到这里之后，你突然变得非常有钱：这家餐馆的Momo每盘25卢比，折合人民币1.65元。我们一共吃了四盘，总共花了100卢比，折合人民币6.6元。

尼泊尔的京城

一辆破旧的TATA直接把我们送进了尼泊尔联邦民主共和国的首都——加德满都（काठमाण्डू，kāthamāṇḍū，Kathmandu）。

加德满都的历史并不算特别悠久，这里原来根本没人居住，只有一面名叫**"龙潭"**（नागदह，nāgadaha）的大湖，湖里住着许多龙；后来，四周的大山裂开了，也有人说，那是文殊菩萨干的，无论如何，湖水流干了，龙也游走了，这里变成了山谷；再后来，陆续有人搬来山谷定居，他们当然为自己的家园想了各种名字，但都不好听，直到有一天，这里出现了一座寺庙，名叫**"加士德满达帕"**（काष्ठमण्डप，kāṣṭhamaṇḍapa，Kasthamandap）。**"加士德"**（काष्ठ，kāṣṭha）不是拍卖行，它是梵语，意思是"木头"，而**"满达帕"**（मण्डप，maṇḍapa）就是"楼房"，所以连起来，"加士德满达帕"就是"木楼"。据说人们当初搭建它的时候只用了一根木头——真的很节省。要么那是一棵苍天大树，像北美洲的巨杉一样；要么这里实在过于贫瘠，人们根本找不到第二棵树。总之，正是因为这座可怜的寺庙，城市终于有了一个好听的名字：加德满都。

"加德满都"和"加士德满达帕"听上去并不完全一样，这很正常，如果有一座城市名叫"木楼"，你一定也会觉得它很寒酸。更何况，人们还对它寄予了厚望。应该说，"都"这个字改得不错，它同时说明了这座城市的地位：政治中心。《左传》当中有这么一句话："凡邑有宗庙先君之主曰都。""都"就是京城。在公元2008年尼泊尔人民推翻他们的君王之前，那些**尼泊尔罗阇**（राजा，rājā，Raja）（相当于国王）的确都居住在这里。

NEPAL

不愧是尼泊尔的京城。一到加德满都，你就看到了无数的人，这里就好像北京，或者东京，走在街头，你随时都有可能被别人撞到肩膀。在这十五年间，加德满都的城市人口足足膨胀了一倍，现在它的居民总数已经突破了一百八十万。但如果按照"十万为亿，十亿为兆，十兆为京"的标准，加德满都还需要继续努力四十年。

我们背着包，跟着熟门熟路的西方游客走进了**泰米尔区**（ठमेल，ṭhamela，Thamel）。这个词其实应该翻作"塔美勒"，或者其他什么东西。它来自尼瓦尔语，意思是"上部的精舍"，和印度南部的**泰米尔**（தமிழ்，tamil，Tamil）没有半点关系。

外国人一般都住在泰米尔区，倒不是因为这里的条件有多好，实际上，泰米尔区原本也是一个贫民窟，直到现在，这里还收留着许多难民。每天早上，你都会看到他们在那些佛塔前面转经；而且这里的物价比其他贫民窟高了整整一倍，一盘Momo要卖60卢比。但你不得不承认，住在这里你也能享受到便利：这里有很多换钱的地方，有出租车，有纪念品商店，有摆满进口食物

王后湖 057

NEPAL

的超市，有懂英语的老板，还有相对可信的旅游公司、相对卫生的食物和相对干净的客房。

　　泰米尔区聚集了加德满都绝大多数的旅店，它们都拥在同一个角落。经过一番仔细比对，我们最终住进了**萨龙峰宾馆**（Thorong Peak Guest House）。明明是**招待所**（Guest House），为什么我偏要叫它"宾馆"？因为在那些预定酒店的中文网页上，它的官方名字就叫作"萨龙峰宾馆"。尽管我们不知道**萨龙峰**（थोरोङ, thoroṅa, Thorong）（其实应该念成"毒龙峰"）到底在哪儿，我们也不知道萨龙峰上有没有卫生间，但我们还是很快地爱上了这家宾馆，因为它拥有全尼泊尔最好的卫生间：装修考究、水量巨大、热力十足。但有一个问题，这里的WIFI实在太差，幸好，我们可以借用右边那家旅店的无线网络，他们拥有全尼泊尔最好的WIFI，只是他们的卫生间非常糟糕，而且他们没有发电机，如果遇上停电，他们的信号就会中断。所以到了那时候，我们只能借用左边那家旅店的WIFI。

　　转眼到了晚饭时间。好不容易来到了国际化大都市，我们决

定找一家像样的外国餐馆饱餐一顿。泰米尔区有一幢漂亮的房子：楼上是一家泰国餐馆——**阴阳饭店**（Yin Yang Restaurant），它的名字听上去很吓人；楼下是一家印度餐馆——**第三只眼饭店**（Third eye Restaurant），它的名字听上去也很吓人。当然，名字并不那么重要，我们知道那只是一个代号，关键是，我们都快要饿疯了，已经不想再挪动了。那么吃泰国菜还是印度菜呢？鉴于它们的名字同样恐怖，而且我们都只有一个肚子，我们足足考虑了一个小时。最后，我们走进了那家泰国饭店。

翻开菜单，我们惊喜地发现，这家饭店不仅供应泰国菜，还供应中国菜、尼泊尔菜和印度菜。我们马上叫来了服务员：

NEPAL

"你们也有中国菜?"

"是的,先生。"

"你们也有印度菜?"

"是的,先生。"

"你们的印度菜做得好吃吗?"

"我觉得不错。"

"比楼下那家印度餐馆的印度菜还要好吃?"

"没有区别,先生。菜单是一样的,厨师是一样的,老板也是同一个。"

"哦……"

"也是你们中国人。"

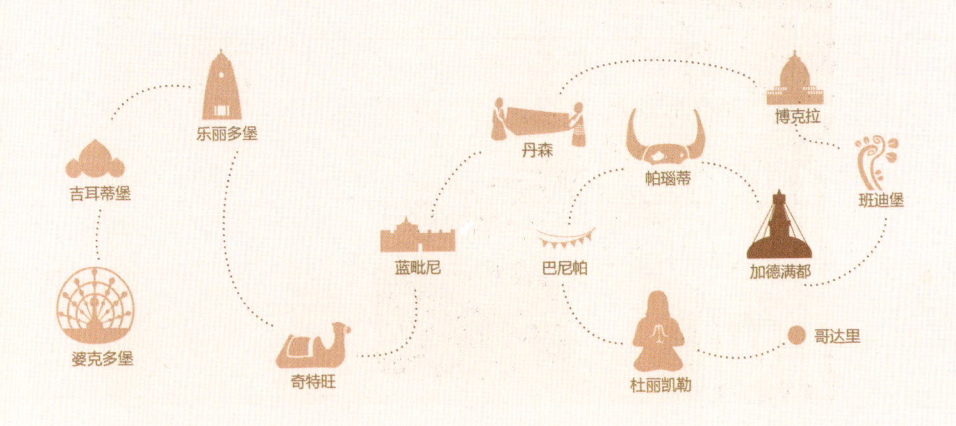

吉耳蒂堡　乐丽多堡　丹森　帕瑙蒂　博克拉　班迪堡

婆克多堡　奇特旺　蓝毗尼　巴尼帕　加德满都　杜丽凯勒　哥达里

我是一个洁癖

　　早晨，我的朋友Riza带着我们在中国驻尼泊尔大使馆里转了一圈。我确信，这里一定是整个加德满都最干净的地方：道路、树林、楼房、操场，你绝对看不到半点灰尘。

　　然后她把我们送到了一座花园门口。她告诉我们，这是一座漂亮的花园，她喜欢待在这里喝咖啡、晒太阳。她走后，我们立刻从花园的外墙上找到了它的名字：**Garden of Dreams - Kaiser Mahal**（梦想花园……）。虽然自认英文还不错，但你始终无法理解"Kaiser Mahal"是什么意思，原来它们只是两个尼泊尔词语的拉

NEPAL

丁转写,意为"凯撒的宫殿"。这位凯撒不是罗马人,他是尼泊尔前陆军元帅**凯撒·沙摩谢尔·姜格·巴哈杜尔·拉纳**(केशर शमशेर जंगबहादुर राणा,keśara śamaśera jaṅgabahādura rāṇā,Kaiser Shamsher Jang Bahadur Rana),花园就是他建的。见鬼,贵族的名字总是那么长。和"罗阇"一样,在梵语中,**"罗那(拉纳)"**(राणा,rāṇā,Rana)也是"王"的意思,所以以它为姓的那些人自然都出身高贵。就好像日本的幕府将军一样,他们也长期把持着朝政,从公元19世纪中叶至20世纪中叶的一百年间,这个家族连续为尼泊尔培养了九位钩心斗角的摄政王。

然而,一旦你真正跨入这座梦想花园,那些钩心斗角的烦恼就会立刻消散,你会被它的梦幻气质感染:尽管实际上,它已经将近一百岁了,但你完全看不出它的年纪——它依旧摩登、高

贵、性感、优雅。梦想花园绝对是整个加德满都第二干净的地方：这里的亭台楼阁、花园草坪、喷泉流水，同样没有半点灰尘。但如今，这个地方已成了外国人的天下，也许这里是整个尼泊尔外国人比率最高的地方，和Riza一样，他们（我们）也喜欢在这里慢条斯理地喝咖啡、晒太阳。花园里的当地人很少，你偶尔会见到几对尼泊尔情侣。一道围墙、一扇大门、几个警卫和一张不贵的门票把他们和我们区分了开来。

从梦想花园出来之后，我们又去了**古都饭店**（Koto Restaurant）吃了一顿日本料理。这家饭店绝对是整个加德满都第三干净的地方，无论到了哪里，日本人都很热爱清洁。

那罗延希蒂宫博物馆（नारायणहिटी दरवार संग्रहालय, nārāyaṇahiṭī

NEPAL

daravāra saṅgrahālaya，Narayanhiti Palace Museum）距离饭店不远，它曾是那些尼泊尔贵族的家。但后来，尼泊尔国王、名字同样很长的**贾南德拉·比尔·比克拉姆·沙阿**（ज्ञानेन्द्र वीर विक्रम शाह，jñānendra vīra vikrama śāha，Gyanendra Bir Bikram Shah）被人民赶出了宫殿，于是这里就好像中国的故宫、法国的凡尔赛宫、俄罗斯的冬宫一样，也被改造成了一家博物馆。我看到一块告示板上写着：中国游客在这里可以享受和南盟（南亚区域合作联盟，包括尼泊尔、孟加拉国、印度、不丹、马尔代夫、巴基斯坦、斯里兰卡、阿富汗等八个国家）游客一样的优惠。感谢国家！我心想，这项政策一定是专门为中国人和印度人设计的，因为阿富汗人正在忙着打仗，巴基斯坦人、孟加拉人和斯里兰卡人根本没钱出来旅行，至于马尔代夫人，他们只想待在家里，因为那里的气候更好。我又看到另一块告示板上写着：每周二、周三和每个尼泊尔国定假日，这家博物馆都会闭馆，所以今天它不开门。好吧。尽管进不去，但我猜想，它很有可能是整个加德满都第四干净的地方，它毕竟曾是王宫。

游行的车队正好从博物馆门前经

过。马路上，两位骑警正在努力地指挥交通。他们长得特别英俊，但是看上去，他们有些力不从心，过分英俊有时候也会增加道路的拥堵程度。我们跟着游行的队伍来到了罗怛那公园。在梵语中，**"罗怛那"**（रत्न，ratna）就是"珍宝"，同时，她也是尼泊尔历史上一位倾国倾城的**罗尼**（रानी，rānī，Rani）（相当于王后），建造这座公园就是为了纪念她。

　　罗怛那公园也许平日里都很干净，毕竟它拥有一个美好的名字。但现在这里却是一片狼藉。**尼泊尔共产党·毛主义**（**Communist Party of Nepal-Maoist**）第七届全会正在这里召开。我听不懂主席台上那些尼泊尔代表到底在讲什么，幸好，还有几个白人用他们血

NEPAL

脉偾张的英语进行了发言，他们大体说的是，腐朽的资本主义很快就要完蛋了，胜利最终必将属于他们（我们？）。不远处，许多小贩正在地摊上兜售印有马恩列斯毛、格瓦拉、卡斯特罗和奥巴马头像的书。

会议还没有结束，我们就请假早退了。然后我们去了加德满都的贫民窟和菜场，这些都是加德满都最肮脏的地方。

尽管和其他国家的国民一样，尼泊尔人也在不停地制造垃圾，但他们并不喜欢使用垃圾桶。以前，由于尼泊尔的大街上几乎没有扔垃圾的地方，中国政府援助了他们一批垃圾桶，然而，

由于这些垃圾桶的质量太好，当地人把它们全都搬回家，改造成了储物柜和储水箱，所以今天，尼泊尔的大街上依旧几乎没有扔垃圾的地方。

NEPAL

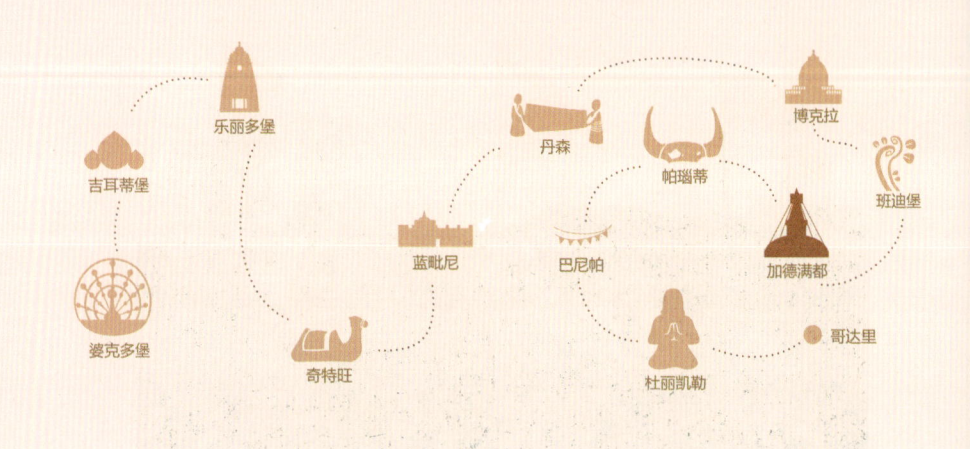

乐丽多堡　丹森　帕瑞蒂　博克拉
吉耳蒂堡　　蓝毗尼　巴尼帕　　　班迪堡
　　　　　　　　　　　　　　加德满都
婆克多堡　奇特旺　　　　　杜丽凯勒　哥达里

圣地前的世俗生活

斯瓦扬布纳特（स्वयम्भूनाथ，svayambhūnātha，Swayambhunath）是尼泊尔第二大佛教圣地。据说，为了迎接佛祖降世，文殊菩萨曾经来到这里居住。或许是因为他算错了日子，或许是因为佛祖的妈妈难产，反正后来，他在这里住了很久。因此他的头发长得越来越长，长发里还长出了虱子，那些虱子最终落到地上，全都变成了猴子。鉴于文殊菩萨头上的虱子真的很多，斯瓦扬布很快就被一群"神猴"占领了，所以这里也经常被人们称为"猴庙"。

除了猴子，猴庙还有很多商人。沿着台阶一路向上，你会看到形形色色的小贩，他们的数量甚至比这里的猴子还要多：

最底下有几家卖菩提子的小铺子，稍微好看一点的凤眼菩提被他们卖到了1200卢比一串。虽然比西藏便宜，但是按照当地物价，他们卖的绝对是奢侈品。

然后，我们又遇到了几个卖小首饰的女孩。她们个个能说会道，还兼营"快速文身"业务：她们懂得如何将橡皮图章蘸上墨汁，然后敲在你的身上。不但有佛教的"卍"、印度教的**"唵"**（ॐ, aum），还有道教的阴阳、伊斯兰教的新月、犹太教的大卫星、基督教的十字架、不丹的龙、孟加拉的虎、巴基斯坦的眼镜蛇和阿富汗的蝎子。这里是全世界最包容的地方。我问她们卖不

NEPAL

卖那些图章,她们讨论了好一会儿,羞涩地开出了一个天价。

只有一位商人正在那里埋头苦干:他敲打着石片,他的商品,就是他刻刀底下的那些玛尼石。他告诉我,他的父母出生在西藏,但后来,他们都搬来了尼泊尔,所以他从小在尼泊尔长大;我问他是否去过父母的家乡;他说没有;我问他想不想去;他说很想,但目前,他只能暂时靠家传的手艺养家糊口。当你得知对方拥有你不具备的优秀品质的时候,你一定会肃然起敬,否则你就是一个混蛋。我喜欢这类脚踏实地的人,于是我买下了两块漂亮的石头:正面是一只牦牛,反面是藏文的六字箴言。

到达山顶之后,我走进了一家杂货铺,店铺老板是一个开朗的中年男子。我假装自己很有钱,在他店里买下了一沓明信片和许多尼泊尔古钱币。后来我发现，他才是真正有钱的人，他提出要收购我的相机，还很认真地开出了一个价格：2500美元，他说他可以直接用现金支付。我承认，他的价格曾经让我心动了一分钟。

山顶上还有许多其他店铺：面具店、法器店、木雕店、铜像店、油画店、Momo店和甜茶店……有一个全体都穿红衣服、袖子上都贴国旗的韩国旅行团在一个水果摊前排队购买椰子。你不知道他们为什么要在身上贴国旗，他们又不是体操队。

甚至，地上还坐着一个专门卖钱的当地妇女。和站在罗马**特雷维喷泉**（Fontana di Trevi）前的那群意大利人一样，这里的人也喜欢将钱和厄运一起抛进水池，但你不可能随身带那么多硬币，更何况你正在爬山。幸亏有她在，在她那里，你可以用1卢比换到

八枚10**拜沙**（पैसा，paisā，Paisa）铜币（1卢比等于100拜沙），这样你就凭空多出了七次赶走厄运的机会，而她，只抽取百分之二十手续费，每笔生意净赚20拜萨，折合人民币0.01333333元。

除了猴子和商贩，猴庙自然也少不了最重要的佛塔和寺庙：在这里，小佛塔漫山遍野到处可见；大佛塔矗立在山顶正中央，就好像**巴黎的蒙马特圣心大教堂**（Basilique du Sacré-Cœur de Montmartre）一样。它也是一个白乎乎、圆鼓鼓的东西，看上去就好像一只巨大的馒头，或者说，一个巨大的"雪媚娘"，因为相对于馒头，我更爱吃"雪媚娘"。"雪媚娘"顶端画着佛祖的眼睛、眉毛和鼻子。佛祖的眼睛炯炯有神，但他的鼻子却很小，

那是一个天城文数字"१"（1），他们用"1"来代表世间万物的本初。这跟《道德经》"一生二，二生三，三生万物"的说法完全一致，看来"老子化胡"并不是谣传……

我走进了一座藏传佛教寺庙，寺庙里供奉着**强巴**（བྱམས་པ།，byams-pa，Jampa），也就是我们所说的弥勒佛，弥勒佛下面摆着几位大喇嘛的照片，其中一位就是这间寺庙的主人，**夏玛巴**（ཞྭ་དམར་པ།，zhwa-dmar-pa，Shamarpa）。他的前世是一个臭名昭著的坏蛋：由于没有分得哥哥、第六世班禅的死亡抚恤金，第十世夏玛巴非常不开心，于是他逃到尼泊尔，并带领尼泊尔军队返回西藏洗劫了日喀则。幸亏后来乾隆皇帝派大学士福康安从中国东

NEPAL

北带来了一千士兵。尼泊尔军队当然不是他们的对手,福康安一路杀到了加德满都附近,尼泊尔国王不得已只好向中国投降,第十世夏玛巴也只好服毒自杀。

有一位中年喇嘛坐在一座**贡巴**(དགོན་པ,dgon-pa,Gompa)(相当于经堂)门口,我跟他聊了几句:

"你从哪儿来?"

"四川。"

"想回去吗?"

"想。"

"能回去吗?"

"不知道。"

另几个喇嘛正在边上下着飞行棋。

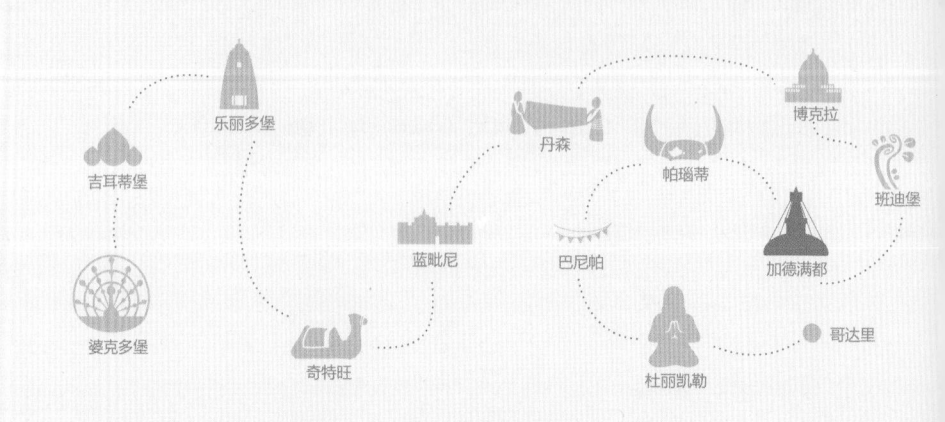

吉耳蒂堡　乐丽多堡　丹森　帕瑙蒂　博克拉　班迪堡　蓝毗尼　巴尼帕　加德满都　哥达里　婆克多堡　奇特旺　杜丽凯勒

摔角手的子孙

泰米尔区已经完全被外国人占领了：走在街上的都是西方人和汉族人，坐在店里的都是印度人和藏族人。即便这里还有几个当地人，他们也会假装自己正在国外度假：他们不说尼泊尔语，也不说尼瓦尔语，只说流利的英语，有时候，他们也说汉语，但他们总共只会两个词：

"你好！便宜！"

他们不知道，这两个词最好不要放在一起连用。好在泰米尔区并不大，多走两步，你就能闯进加德满都真正的市井：

"加德辛布"（काठे सिम्भू，kāṭhe simbhū，Kathesimbhu）的意思是"加德满都的斯瓦扬布"，所以它也是一个巨大的"雪媚娘"。尼泊尔人在这个"雪媚娘"四周开店卖唐卡，但他们的技术远不及拉萨的师傅。

然后，我们路过了一家蛋糕店，它是加德满都的一位欧洲女婿开的，既便宜又好吃，一个瑞士圈只卖20卢比，一块奶油蛋糕只卖40卢比。然而，这里依然很少有人光顾，加德满都的外国人喜欢品尝当地的美食，加德满都的当地人也喜欢品尝当地的美食。

只要天气好，加德满都的大街小巷就会挂满衣服，尼泊尔人会在每一块石头上晾衣服，当年跟随唐僧取经的时候，猪八戒也经常这么干。我突然想起，昨天我刚把要洗的衣服送去了酒店前台，幸好我没有在路边发现自己的衣服。

NEPAL

整个**赞胡同**（जन बहाल，jana bahāla，Jan Bahal）都属于一位名叫**"希图摩钦陀罗纳特"**（सेतो मच्छिन्द्रनाथ，seto macchindranātha，Seto Machindranath）的神仙，这里有一座专门为他修建的庙宇。"希图摩钦陀罗纳特"直译过来就是"白色的摩钦陀罗尊者"，的确，他长得很白净，看上去毫无血色。这位白净的神仙从来深受当地人爱戴，他又被我们称为**"米那尊者"**（मीननाथ，mīnanātha，Minanath）、**"阿婆卢吉低舍婆罗"**（अवलोकितेश्वर，avalokiteśvara，Avalokiteshwar）、**"迦卢那摩耶"**（करुणामय，karuṇāmaya，Karunamaya）、**"度母"**、**"多罗菩萨"**（तारा，tārā，Tara）、**"卓玛"**（སྒྲོལ་མ，sgrol-ma，Drolma），他是湿婆的转世、尼泊尔的雨神、全世界女孩最钟爱的瑜伽运动的祖师爷，也是我们最敬爱的慈航真人和观世音菩萨。但凡这一级别的大神，他们总会有很多名字、很多形象，你甚至搞不清他们到底是男是女。除了这位白色的摩钦陀罗尊者，整座寺庙都被涂成了金色。灰色的鸽子在里面自由自在地穿梭。

因陀罗广场（इन्द्र चोक，indra coka，Indra Chok）也有一座金色的寺庙。这座寺庙只有印度教徒可以进入，里面供奉着天陪胪（आकाश भैरव，ākāśa bhairava，Akasha Bhairav）的脑袋。天陪胪是尼泊尔独有的天神，他是**陪胪**（भैरव，bhairava，Bhairav）的一种形态，陪胪本身则是湿婆的一种形态。街对面有一座金字塔形的湿婆神庙，神庙的台阶上坐满了商贩，他们正在那里兜售毛毯。

阿三街（असन टोल，asana ṭola，Asan Tole）是加德满都人的

大菜场。我们本想在这里买一些水果,但它们长得实在太难看,于是我们只好走进了路边的一家果汁店。当老板得知我们其实不是去买果汁,而是去买水果的时候,他震惊了。但最后,他还是卖给了我们一个漂亮的大木瓜。

外国人需要额外支付750卢比才能够踏进受联合国教科文组织和尼泊尔人民双重保护的**达罗婆罗**(दरवार,daravāra),这是一处世界遗产。"达罗婆罗"这个词最早来自波斯,意思是"国王的庭院"。但不知道为什么,后来英国人把它翻成了"Durbar",所以也有中国人叫它"杜巴广场"。杜巴广场中央有一个巨大的**黑陪胪**(काल भैरव,kāla bhairava,Kala Bhairav),他是尼泊尔的首席大法官。以前,他经常在这里审理那些最离奇的案件。就好像我们不敢在长得同样黑的包青天面前撒谎,尼泊尔人

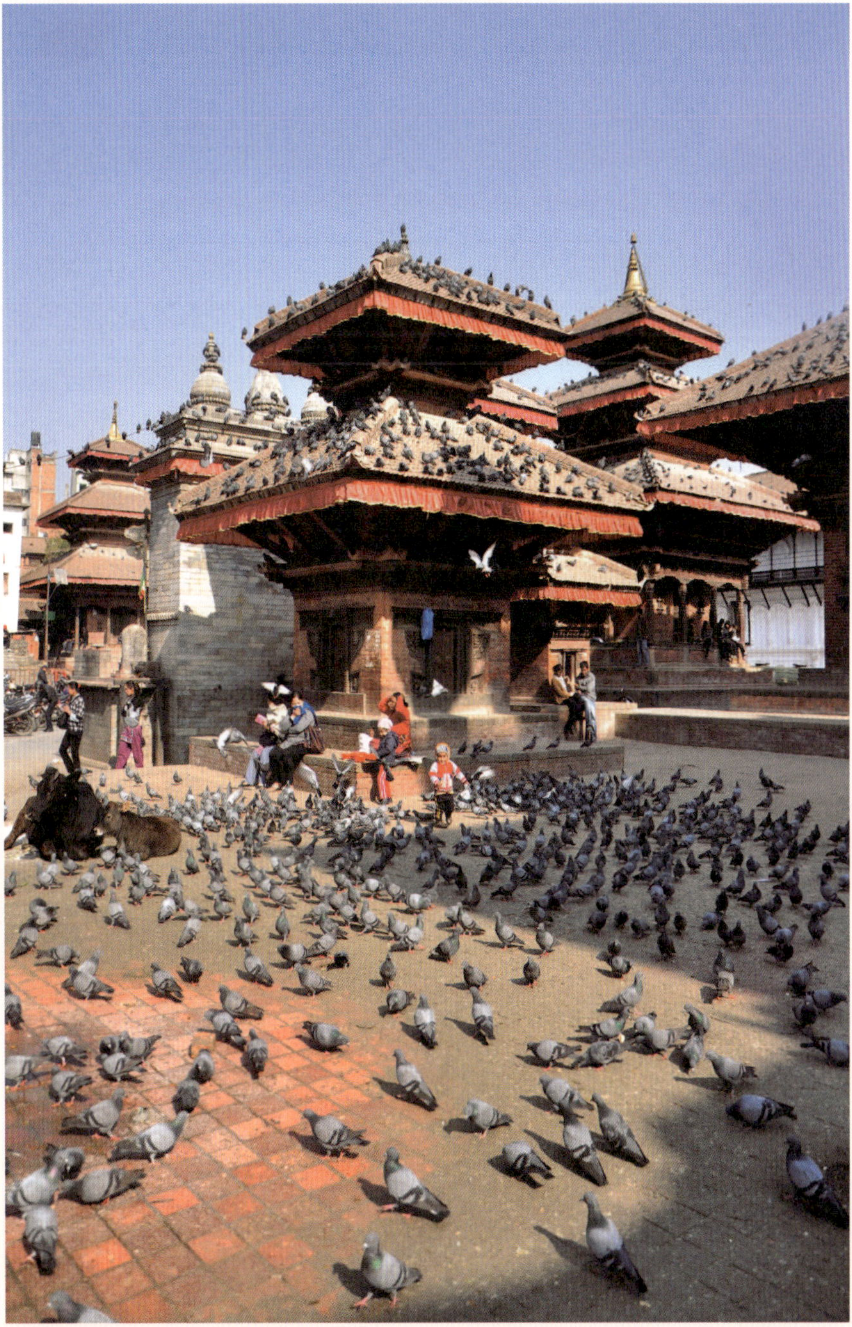

也不敢在他面前撒谎。不过现在，鉴于那些国王已经完蛋了，黑陪胪也失去了他的权威，国王的庭院变成了一个可以肆意撒野的地方。尼泊尔人民、黄牛和鸽子可以天天来这里散步、晒太阳，你也可以天天站在黑陪胪面前锻炼你的政治演说能力。加德满都的象征——加士德满达帕——同样矗立在这里。除此之外，广场上最重要的，当然是王宫。那座也已被改造成博物馆的王宫是**马拉王朝**（मल्ल वंश, malla vaṃśa, Malla Dynasty）的国王修建的。马拉王朝是尼泊尔历史上的一个辉煌朝代，在古代，我们叫它"末罗国"，它是由一位名叫**"阿里·提婆"**（अरिदेव, arideva, Ari Deva）的国王建立的。这位阿里先生并不是拳王，但他热衷于摔角。有一天，他正在和别人摔角，手下匆匆跑来报信，他的王后生了一个儿子，于是，他就即兴为儿子改姓为**"末罗"**（मल्ल, malla, Malla），也就是"马拉"。在梵语中，"末罗"就是"摔角手"的意思。

返回的路上，我们经过了**杜巴高级中学**（Durbar High School），这所新式中学始建于1854年，比我的母校整整早了一百年，比中

国最早的新式中学整整早了五十年。

然后我们回到了泰米尔区，在一家小店里，我买了一个鸡肉卷。老板告诉我，他以前也在上海和迪拜做过生意，但后来他才发现，在加德满都反而赚得更多。

NEPAL

乐丽多堡　吉耳蒂堡　婆克多堡　奇特旺　蓝毗尼　丹森　巴尼帕　帕瑙蒂　杜丽凯勒　加德满都　博克拉　班迪堡　哥达里

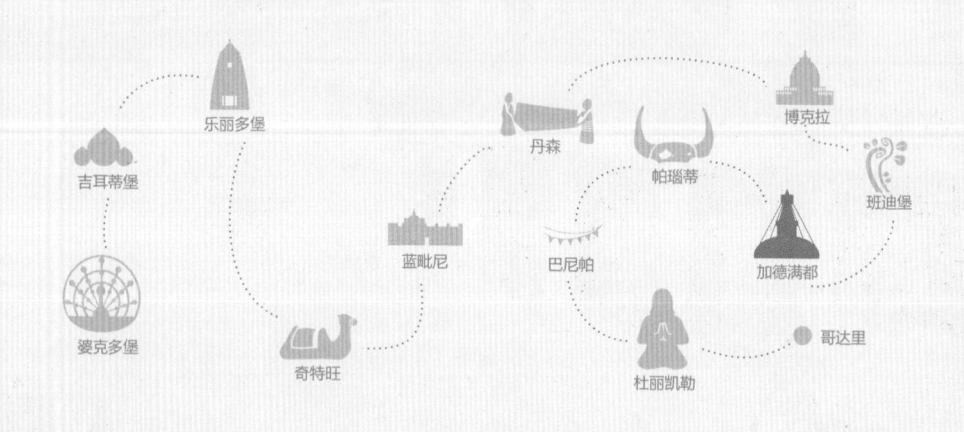

归宿

　　要在泰米尔区找出租车并不难，五秒钟之内，你就能看见四辆，但这些出租车都不愿意打表。他们千辛万苦来到这里就意味着他们不打表，或许，那是因为他们的表全都坏了。不打表就意味着你得跟他们谈价钱。

　　和出租车司机谈价钱是一件非常有意思的事情：第一个司机会告诉你他们想要多少钱——那是他们的终极目标，他们的野心。你会向他挥一挥手；第二个司机会告诉你打表实际上需要多少钱——将他给你的数字除以2，你就能够得到正确答案。你还是会向他挥一挥手；然后，你会找到第三个司机，告诉他你的答案。他当然不会答应，他会向你挥一挥手；好吧，于是你只能妥协：你找到第四个司机，将刚才那个数字乘以1.5，然后再取一个漂亮的整数。他会犹豫半天，然后向你招一招手。

一路上，他会像你的爷爷一样告诉你生活的艰辛。他会说，尼泊尔的汽车税很高，比中国高出整整一倍，他借了很多钱才买来了这辆日本产的小破车；你只能不说话；然后，他会说，尼泊尔汽油短缺，加油站根本没有油，他们不得不去黑市加油，所以这里的油价实际上也比中国高出整整一倍；你还是不说话；接着，他会说，由于在尼泊尔买车和加油都很贵，他其实根本赚不到什么钱。尽管你知道，由于印度人在背后捣鬼，这里的汽车和汽油的确不便宜，但你终于忍不住了：

"先生，你知道上海吗？"

"哦，当然，那是一座国际大都市。"

"我给你的钱，已经比给上海司机多整整一倍了。"

尽管他被你说得哑口无言，但当他把你送到目的地——**帕舒帕蒂纳特**（पशुपतिनाथ，paśupatinātha，Pashupatinath）的时候，你还是看到了他脸上的灿烂笑容。这就是尼泊尔人，他们能够在生活中找到自己的位置，他们能够安于现状，他们能够找到快乐。

"帕舒帕蒂纳特"的意思是"护佑万灵尊者"，它其实也是湿婆一千零八个名字当中的一个。作为地名，它是全尼泊尔最重

要的印度教圣地，也就是我们现在站立的这块地方。

这里有一座宏伟的寺庙，它被砖墙围在当中，只有印度教徒才能够进入。尽管我已被尼泊尔的太阳晒得和尼泊尔人一样黑，但我不会尼泊尔语，所以无法蒙混过关，而且我也无法临时出家。

对面的那座寺庙倒是可以进入，它同样宏伟，拥有五座高塔。现在，它已被改造成了一家养老院，这是德蕾莎修女工作过的地方。

养老院是这个世界距离死亡最近的地方：也许有几十年，

也许只有几年，也许只有几个月，也许只有几十米。尼泊尔最大的焚尸场就位于几十米开外，尼泊尔的圣河**巴格马蒂河**（बागमती नदी，bāgamatī nadī，Bagmati River）畔，那里有十几座焚尸台。印度教徒死后必须在三天之内火化：男性家属首先会用上游的河水洗净逝者。他们不会去清洗逝者的双脚，脚很脏，他们只会帮逝者洗脸；然后他们为逝者盖上黄布，再请几个穿得花花绿绿的女士为逝者跳一段舞蹈；接着他们会把逝者抬到火葬台上，将他用木柴包裹好；最后点起一把火，你就闻到了蛋白质的香味。不久之后，灰烬将随着潺潺的巴格马蒂河水流向远方：印度、大海、

NEPAL

世界各地……逝者的灵魂也将在某处找到他们的归宿。当地人告诉我，这里每天最多只会处理四十七具尸体。按照习俗，女眷不可以参加葬礼，因为以前尼泊尔人会强迫女眷为逝者殉葬。我问了一下价格，在这里处理一具尸体大概需要花费两千多元人民币，看来只有当地的富贵人家才能够承受。

有死就有生，这是一个轮回。河对岸矗立着好几排神龛，神龛里供奉着**湿婆的林伽**（शिवलिङ्ग，śivaliṅga，Shiva Linga），苦行僧在林伽间游走。据说林伽是由湿婆幻化的雄鹿的角变成的，它拥有孕育生命的能力。

后山有好几头鹿，或许湿婆就在其中，后山还有好几百只猴子，或许它们也是文殊菩萨头上的虱子。

翻过后山，不用再走多远，就能看到尼泊尔第一大佛教圣地**佛陀纳特**（बौद्धनाथ，bauddhanātha，Boudhanath）。这里有一座更加巨大的佛塔、一个更加巨大的"雪媚娘"。"雪媚娘"周围的贡巴里住着很多尼泊尔喇嘛。

当我们回到住处的时候,所有柴油发电机已经开启,整个加德满都正在颤抖。尽管这里的油价比中国高一倍,但人们更热爱音乐和光明。

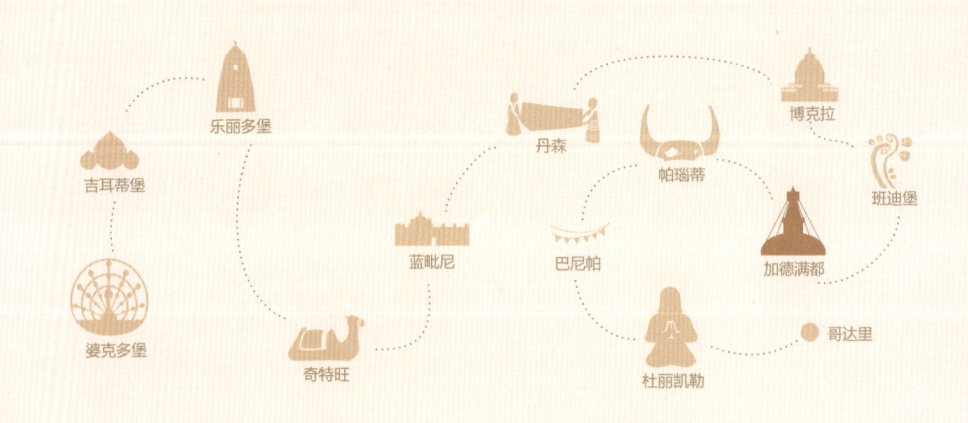

尼泊尔的秦始皇

　　车窗外的城市突然全都变成了自然风光,这意味着我们终于告别了巴格马蒂河流域,进入了**甘达基**（गण्डकी,gaṇḍakī,Gandaki）河流域,也意味着,我们终于告别了巴格马蒂地区,进入了甘达基地区。第一站,我们将拜访**廓尔喀**（गोरखा,gorakhā,Gorkha）县的首府,它的名字也叫作"廓尔喀"。

　　共用一个名字难免会产生误会,所以1996年,尼泊尔人民作出了一个决定:他们把这座小县城的名字改成了"**颇哩提毗-那罗延**"（पृथ्वीनारायण,pṛthvīnārāyaṇa,Prithvi Narayan）。这样做,另一方面也是为了纪念他们历史上最伟大的国王**颇哩提毗·那罗**

延·沙阿（पृथ्वीनारायण शाह，pṛthvīnārāyaṇa śāha，Prithvi Narayan Shah），这里是他的家乡。

也许你会觉得，这位国王的名字有一些拗口，其实"**颇哩提毗**"（पृथ्वी，pṛthvī，Prithvi）在梵语中是"大地"的意思，她也是南亚神话故事中的大地女神，她负责照料陆地，是整个世界的母亲。印度研制的一款短程战术导弹就叫作"颇哩提毗"，中国为尼泊尔修建的一条公路也是以她的名字命名的；它是尼泊尔最重要的公路，连接着尼泊尔首都加德满都和尼泊尔第二大城市博克拉，相当于我们的京沪高速。但你不知道为什么，有人偏要把它翻译成"普力斯伟公路"。至于"**那罗延**"（नारायण，nārāyaṇa，Narayan），那是赫赫有名的印度教大神**毗湿奴**（विष्णु，viṣṇu，Vishnu）的一个小名，他负责管理世界的秩序。所以"颇哩提毗·那罗延"事实上是一个非常别致的名字，如果你的父亲为你取了这样一个名字，他一定对你寄予了厚望。

"儿啊，你知道当初爸爸为什么要为你取名'颇哩提毗·那罗延'吗？"

"我不知道，爸爸。"

"我希望你能够管理好这块土地！"

"好的，爸爸。"

NEPAL

"那你知道,我说的是哪一块土地吗?"

"我不知道,爸爸。"

"尼泊尔!我希望你能够管理好尼泊尔!整个尼泊尔!"

"好的,爸爸。"

"你知道这意味着什么吗?"

"我不知道,爸爸。"

"这意味着,在此之前,你必须统一它!统一这个国家!统一尼泊尔!你要记住!"

"好的,爸爸。"

"但从来没有人完成过这项任务!从来没有人统一过尼泊尔!你知道该怎样做吗?"

"我不知道,爸爸。"

"嗯……我也不知道,你的爷爷从来没有教过我,而且我猜,他也不会知道,因为他的爸爸也从来没有教过他……但无论如何,有一点是确定的,你必须付出努力!十倍的努力!百倍的努力!千倍的努力!"

"好的,爸爸。"

"你还有什么不明白的吗?"

"我不知道,爸爸。"

"既然如此,那我就安心地去了。"

"好的,爸爸。"

颇哩提毗·那罗延·沙阿的父亲,**那罗·布婆罗·沙阿**

（नरभूपाल शाह，Narabhūpāla śāha，Nara Bhupal Shah）就这样一命呜呼了。老沙阿死后，小沙阿顺理成章地坐上了王位，刚满二十岁的他立刻发动了一场旷日持久的战争。经过十年的不懈努力，最后，他终于凭借着自己的智慧（狡诈）和勇猛（残忍），成功地推翻了马拉王朝，消灭了尼泊尔大小几十个独立王国，统一了尼泊尔，成为了尼泊尔的秦始皇。

小沙阿的名字的确值得被人们永远牢记，尽管和秦始皇一样，他也是一位不折不扣的暴君。然而，鉴于"颇哩提毗-那罗延"实在太长，而且后来，他建立的那个**沙阿王朝**（शाह वंश，śāha vaṃśa，Shah Dynasty）也被尼泊尔人民推翻了，2009年，小县城只好又恢复了原来的名字。

当然，"廓尔喀"这个名字也没有什么不好：有一位瑜伽大师名叫**"廓尔喀纳特"**（गोरखनाथ，gorakhanātha，Gorakhanath），也就是我们所说的郭拉洽尊者，他是摩钦陀罗尊者的得意门生；而且小沙阿统一尼泊尔之后，"廓尔喀"还成为了整个国家的代名词，时常出现在世界史当中：

为了获得更多的资源和生存空间，廓尔喀曾经不惜与中国开战，两次入侵西藏；在国家快要灭亡的危急关头，廓尔喀也尝试过向英国人求购武器，妄想与中国决战；后来廓尔喀成为了中国的藩属国，在抵抗英国人的时候，它也曾经向中国求援，还向中国进献过他们缴获的武器；臣服于英国人之后，廓尔喀士兵又成

为了英国人最信任的雇佣军；太平天国起义的时候，廓尔喀曾经主动请缨；然后，廓尔喀又趁中国国力衰弱，再一次入侵了西藏；名义上，廓尔喀当时还是中国的最后一个藩属国；中华民国建立时，袁世凯曾经邀请廓尔喀参加"五族共和"。

但现在，廓尔喀却已变成了一个宁静的小县，一座宁静的小城：我们爬到山顶，那里有廓尔喀的杜巴广场，也就是沙阿王朝发家的地方。但是它朴实无华，完全无法和马拉王朝的精致宫殿相比。你甚至看不到这个国家曾经强大的任何证据，那里只留下了正在祭祀的婆罗门、残缺的圣诞花、垂暮的夕阳和昨日洒下的鸡血。往北看，那是一片雪山，那是喜马拉雅山，山的后面，曾有它的雄心。

NEPAL

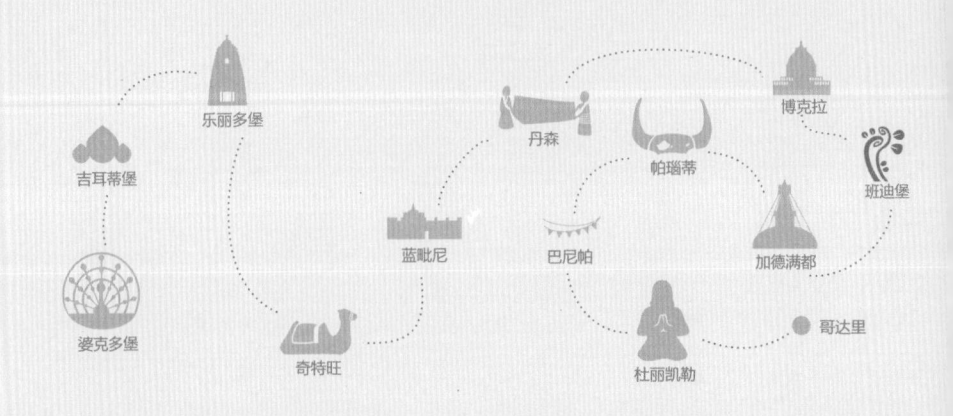

乐丽多堡　丹森　博克拉
吉耳蒂堡　　帕瑙蒂　班迪堡
　　蓝毗尼　巴尼帕　加德满都
婆克多堡　奇特旺　杜丽凯勒　哥达里

牛仔生活

　　早上，**廓尔喀栖息地宾馆**（Hotel Gorkha Bisauni）的独眼龙门卫帮我们拦下了一部开往博克拉的TATA。我们刚跳上TATA，TATA就开了，两个小时之后，我们终于回到了普力斯伟公路。不得不说，这部TATA开得很慢，它就好像一头长满绒毛的野牛，尽管看上去强壮，但实际上它却特别笨拙，于是你只能随着它的脚步不停地摇摆，就好像你正骑在一头野牛的牛背上，你是一个牛仔。或许，"野牛"只是故意放慢了脚步，它想多看几眼沿途的风景。"牛仔"也抬头看了一眼风景：的确！这里很美！

就这样,"牛仔"又看了足足两个小时风景,直到"野牛"来到了一个名叫 **"杜穆雷"** (डुम्रे, dumre, Dumre)的小地方。"牛仔"跳下了"野牛",他不准备去博克拉。

班迪堡(bǔ)(बन्दीपुर, bandīpura, Bandipur)才是"牛仔"真正的目的地,它建在大山当中,是一座与世界隔绝的小城,杜穆雷是这座小城的唯一入口。

但开往班迪堡的公共汽车已经坐满了,车上甚至连站立的空间都没有了,而且在这里,外国人和当地人一样:享受同样的票价,没有任何特权……

当地人愉快地爬上了车顶……

于是"牛仔"也爬上了车顶。

没过多久,车就启动了,它在山间的小路上盘旋。售票员灵活地爬上爬下,就好像斯瓦扬布的那些神猴,他绝对不会错过任何一个乘客。不得不说，车顶真是一个美妙的地方：这里有座位，没有拥挤，有风景，没有异味。"牛仔"就好像站在牛头上面，他看着道路弯弯绕绕地向后，牛头歪歪扭扭向前。"假如车能开得再快一点，那会更好，山里的风一定非常清爽。"

八公里的山路总共开了整整四十分钟，然后"牛仔"终于到达了班迪堡。班迪堡比其他尼泊尔小城都要干净，你在石板路上看不到一点垃圾，也许是因为它建在高处，垃圾都被山里的大风刮进了山谷，也许是因为这里的人本来就爱干净。

正因为建在高处，这里的物价也很高。经过一番比较，我们住进了**班迪堡招待所**（Bandipur Guest House）。店主是一家热情好客的当地人，爸爸妈妈在大厅里贴上了世界各国的国旗，他们的意思是：欢迎来自世界各国的朋友。但他们的无线网络路由器有一些故障，女儿无法解决，她找来了男朋友，但她的男朋友同样无法解决，幸好那个路由器和我一样产自中国，我马上变成了原产地派来的临时维修工；这家旅店的房间不大，淋浴器有八个阀门，但无论你如何排列组合，喷出来的水永远都是冷的；同样，墙上的开关也很多，但其中的一大半都无法点亮任何一盏电灯。

我们在小城的唯一一条宽阔街道上，发现了一家名叫**"猴子的走狗"**（The Monkey's Flunky）的咖啡馆，咖啡馆装饰得考究，围栏上还种着艳丽的花。当你在这家咖啡馆喝咖啡的时候，你始

终没有想明白一个问题：这里到底谁是"猴子"，谁是"走狗"？

咖啡馆边上有一张巨大的棋盘，当地人正在那里下国际象棋：这里的狮子是"兵"，金刚杵是"象"，象头神葛内舍是"马"，大象是"车"，不知道哪一位菩萨是"后"，因为她已经掉了脑袋，你没有认出她，弥勒佛是"王"。

街道正中，小狗正在熟睡，鸡和山羊正在觅食，孩子正在打

NEPAL

闹，一个女人正在帮另一个女人梳剪长发。在这种地方，Momo一定会变得更香，**玛萨拉茶**（मसलेदार चिया，masaledāra ciyā，Masala Tea）一定会变得更浓。玛萨拉茶是南亚特有的一种奶茶，除了红茶、牛奶和糖，他们还会往里面添加生姜、豆蔻、肉豆蔻、肉桂、小茴香、大茴香、黑胡椒、丁香，有时候，他们也会放入姜黄、辣椒、藏红花和香菜。它简直就是一本香料大百科全书。

黄昏时分，我们正坐在大街中央的一张餐桌前吃Momo、喝玛萨拉茶，这时候，小城又迎来了四位新客人：一对法国夫妇各自骑着一辆加长自行车出现在了大街尽头，每辆车上不仅挂着三只五十公升的大包，还坐着一个男孩。然后，他们在我面前停下

了车，男人走进了一家旅店，女人留下来照看孩子。我好奇地问那个女人：

"你们的孩子多大了？"

女人气喘吁吁，但是满脸笑容：

"一个三岁，一个四岁。"

"你们是一路从山脚下骑上来的吗？"

"是的，确切地说，我们是一路从法国骑过来的。我们已经出发一年多了。"

"哦，天啊！那一定很辛苦！"

"还好，没有带孩子辛苦。"

"嗯，看得出，他们很调皮。祝你们好运！"

这时候，男人已经走出了旅店，他告诉她房间很好，于是我们互祝了晚安。孩子们立刻冲进了旅店，男人和女人也提着包跟了进去。这家旅店我之前看过，价格很便宜，只是太脏。

日落之后，小城鸦雀无声。我一边摸索着回旅店的路，一边心里在想：这里一定是世界上最适合牛仔隐居的地方。

NEPAL

吉耳蒂堡　乐丽多堡　丹森　帕瑞蒂　博克拉
婆克多堡　奇特旺　蓝毗尼　巴尼帕　加德满都　班迪堡
　　　　　　　　　　　　　　　杜丽凯勒　哥达里

被中国人"占领"的商业区

　　我们回到了杜穆雷和车水马龙的普力斯伟公路。在这里，任意一部向西开的TATA都能把我们送到**加思奇**（कास्की, Kāskī, Kaski）县的首府**博克拉**（पोखरा, pokharā, Pokhara）。到达博克拉之后，我们又在车站随意找了一辆出租车，它把我们继续送到了一家名叫**"羯磨招待所"**（Karma Guest House）的旅店。

在梵语中，**"羯磨"**（कर्म，karma）就是"工作"的意思。它是一个万能的宇宙元素，经常出现在印度人发明的各种宗教当中。按照他们的说法，羯磨的力量能够决定世间万物的各种因果关系：如果你做了一件好事，你就会有好的报应；如果你做了一件坏事，你就会有坏的报应。它不是奖励，也不是惩罚，只是一种自然规律。而且印度人相信轮回转世，所以他们认为，这些因果关系还能穿透生命，从你的上一世带到你的下一世：不是没有报应，只是有时候，它们来得比较慢。"羯磨"这个词其实很早就传入了中国，但后来，鉴于我们也爱上了研究佛教，为了方便，我们又把它翻译成了"业"。

如果有人想到以这个词作为自己旅店的名字，那他一定是一个热衷于积德行善的好人。果然，羯磨招待所的老板是一个非常和善的大叔，而且他的员工，也就是他的老婆和孩子，也都友好，你能够从他们的眼中看到真诚。窄小的楼道里陈列着两家国外著名旅店预定网站颁发给他们的奖状。

博克拉本身并没有什么可玩的，很多人来这里，只是为了爬你身后的那几座雪山：**道拉吉里峰**（धौलागिरी，dhaulāgirī，Dhaulagiri）、**马纳斯卢峰**（मनास्लु，manāslu，Manaslu）、**安纳布尔纳峰**（अन्नपूर्ण，annapūrṇa，Annapurna），它们分别是这颗行星排名第七、第八和第十的高峰。去那里逛一圈，其实并没有你想象中那么危险，你无需真的爬到山顶，只需支付一笔钱，请一个

NEPAL

　　既熟悉地形、体力又好的当地向导，让他背上你的行李，带你到半山腰看一看雪景，拍几张漂亮的照片，然后，你就会多出一些可以在朋友圈炫耀整整三年的素材。不幸的是，鉴于这两天天气不好，我们只能待在博克拉散心。

　　如果要散心，你宁可选一个异国情调更加浓烈的地方：温柔的金色阳光下，你坐在一张舒适的白色躺椅上，写着一张又一张明信片。边上就是一望无际的蔚蓝色大海。你的面前，几个热情的棕色少女带着花环、穿着草裙，正伴随奇怪的音乐，跳着婀娜的舞蹈……但是在博克拉，你根本见不到这些，这里只有一面灰色的大湖，它真正的名字叫作"佩瓦"（फेवा，phevā，Phewa），我们也叫它"费瓦"。费瓦湖沿岸是博克拉最重要的商业区，但这块地方已完全被中国人"占领"了：中国餐馆、中国菜、中国文字的招牌、中国商品、中国老板、中国旅行团、中国话和吵闹的中国游客……

　　而那些西方人，他们只好躲到你头顶上的那片区域，在那里，他们尽情地享受着滑翔机和滑翔伞带来的乐趣，之后，他们自己会去中国。天空的确美好，至少那里更加安静，但是如果天气不好，我会更渴望脚踏实地的感觉。

　　我们饿着肚子在大街上徘徊了很久，因为我们实在不想在国外品尝那些正宗的中国美食，幸好，我们的眼睛发现了一家名叫"肚饿眼睛餐厅"（Hungry Eye Restaurant）的饭店，这家饭店的经理是一个尼泊尔女人。除了英语,她还会讲流利的广东话,因为之前,她曾在香港的分店工作过一段时间。她找我们聊天,看得出来,她的沟通能力和瞎掺和能力都很强,而且她很想操练她的广东话,但我又不是广东人,我只能"识小小,扮代表"。我们在这家饭店里吃了一顿"英伦风情尼婆罗粤菜",或者,你可以称它为"香港天竺饭",要么"南亚英式中华料理",反正,那是一种结合了中国人口味的尼泊尔西餐。他们请来助兴的演员

倒是纯正的尼泊尔人:几个热情的棕色少女伴随着奇怪的音乐跳了一段婀娜的舞蹈,那是为一支上海来的八日两国游旅行团专门准备的。

NEPAL

为了寄出那几十张明信片，我们乘公共汽车去了西部邮电总局，这是我们第一次在尼泊尔使用城市公共交通工具。在加德满都，你根本找不到公共汽车，因为出租车实在太多；在其他城市，你根本用不到公共汽车，因为它们实在太小，只要走路就可以了。

尽管"西部邮电总局"听上去名头很大，它实际上只是一间阴暗的破房子，可它已经是整个尼泊尔西部最大的邮电局了。里面有一块牌子：**请排队**（Please be in queue），但我们没有排队，因为邮电局里根本没有几个人。寄掉明信片之后，我又帮这里的局长完成了收藏中国硬币的夙愿。

108

吉耳蒂堡　乐丽多堡　丹森　帕瑙蒂　博克拉　班迪堡　蓝毗尼　巴尼帕　加德满都　婆克多堡　奇特旺　杜丽凯勒　哥达里

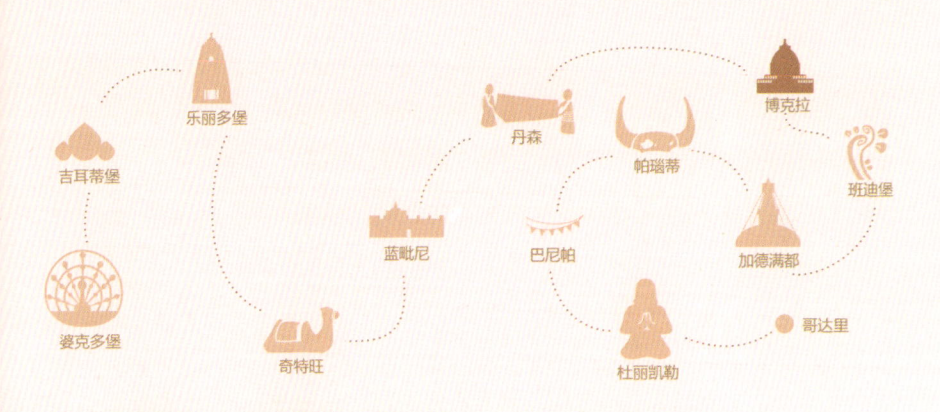

乡 村

想要了解一个国家的底层社会，你必须远离它的旅游区，深入那些最平淡的乡村，所以，我们决定去附近的村子看一看。我们并没有选择中国的"凤凰"，那样太招摇，而是从隔壁车行借来了尼泊尔国产的**"采蜜者"**（Honey Hunter）牌山地自行车。骑着它们，我们就好像小蜜蜂一样，沿着一条僻静的小路，一头钻进了位于博克拉西南**碰蒂蹦蒂**（पुम्दीभुम्दी, pumdībhumdī, Pumdibhumdi）。光听名字，你就知道这个地方的路会有一些颠簸。

好在，路上没有其他车辆，甚至行人也很少，所以你的山地自行车一路都畅行无阻。碰蒂蹦蒂的大片农田都很萧条，田里散乱着各种生活垃圾，长着几棵莫名其妙的树，因为这是冬季，尽管不算太冷，但在这个季节，尼泊尔人绝不会出来耕作，而且一个小水坝也将灌溉用水全都留在了费瓦湖里，那里的旅游业显然

NEPAL

更加重要，这几个月，小河里的水只够孩子们玩耍，大人们洗衣服。即便如此，河上的桥依旧被架得很高，那是一座铁索桥，铁索上的木板拼出了桥面，大人们把刚洗完的衣服晾在了早已生锈的桥栏上。

鉴于这座小桥一直都在不停地晃动，我决定推着自行车过桥，我可不想和"采蜜者"一起栽进河里。这时候，一个男青年突然伸手拉住了我的袖子。他嘴里叽里咕噜说了一通，我本能地检查了一番，好像钱包和手机都在，我没有丢失任何东西，很明显，我不知道他到底想跟我说些什么。他也发现我无法理解他的意思，只好不停地亲吻自己的中指和食指，那就好像在不停地朝你飞吻。说实话，这有一点恶心，尽管我知道，那应该不是他的本意。他一定觉得我非常蠢，所以只好想了另一条计策：握紧拳

头,翘起拇指和小指,摆出了一个牛角的形状,然后把拇指塞进嘴里,假装仰头深深地吸了一口气。我最终明白了:他其实想跟我做一些买卖,但我不是婆罗门,我根本不需要那些东西引领我进入另一个世界,所以我没有理睬他。

桥对岸是另一片农田,田里同样散乱着各种生活垃圾,长着各种莫名其妙的树。我们于是离开了这座令人颓丧的村庄,骑上了一条上山的公路。如果你参加过环法自行车大赛,你就会知道,骑车上山其实比走路还要辛苦,你感觉自己就好像一个力气快要耗尽的奴隶,你必须拼命,不然,你就会被你的主人推下山坡。但你又不是一个真正的自行车运动员或者奴隶,你已经实在没有半点力气了,所以你最终累得趴在了路边。没办法,只能留下自行车,走路上山。尽管我们的"采蜜者"没有锁,所以我们也无法为它们上锁,但是没有关系,在这里,尽管人们很穷,但他们绝不会拿(偷)不属于

NEPAL

自己的东西。

当你走山路的时候，通常，那些陡峭的山会变得更加陡峭。我们经过了一座小庙，又经过了几户农家和几块梯田，然后，我们遇到了几个刚放学的孩子，他们背着书包，一路飞奔。尼泊尔人就是拥有这项天赋，他们从来没有在环法自行车大赛中取得过名次，但他们经常能够在百公里山地越野赛中取得优异的成绩。

最终，我们到达了山顶。

山顶上有一家菁英咖啡馆（The Elite Café）。鉴于你时常自以为是地把自己当成一个菁英，而且你也很想看一看尼泊尔人眼中的菁英会去哪种地方，你毫不犹豫地走了进去。不出你所料，这

里物价不低，因此你只喝了一罐可乐，但这是一个明智的决定。这里拥有全尼泊尔最冰爽的可乐和最美的风景，因为你刚爬了一座陡峭的高山，而且这家咖啡馆位于山顶：在这里，你既能俯瞰整个博克拉，又能仰望整个喜马拉雅山。博克拉此时看上去很

小，当城市缩小之后，它们就会变得有一些模糊。喜马拉雅山此时却看上去很近，当雪山靠近你之后，它们就会变得更加皎洁。其实，人就是这样：你辛辛苦苦爬上了一个台阶，你已经脱离了社会底层，成为了一个菁英，你需要停下来喘一口气。这时候，如果你往下看，你就会变得有些目空一切，你会洋洋得意，渐渐忘记自己的本来面目，其实之前，你就在那里。幸好，你的眼前永远矗立着更高的目标，它们纯净、高贵、伟大、很有魅力，它们看似很近，但实际上，它们距离你仍旧很远，所以你必须继续努力，虚心向前。

菁英咖啡馆对面，是日莲宗建立的日本山妙法寺和**世界和平佛舍利塔**（World Peace Pagoda）。听说日莲宗在全世界的每一个角落都建立了这种世界和平佛舍利塔。

NEPAL

乐丽多堡　丹森　博克拉
吉耳蒂堡　　帕瑙蒂　班迪堡
　　　蓝毗尼　巴尼帕　加德满都
婆克多堡　奇特旺　杜丽凯勒　哥达里

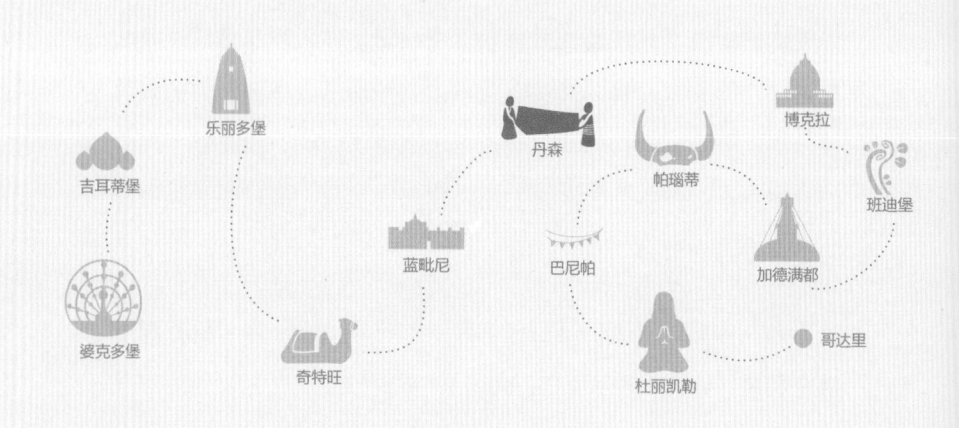

民 宿

由于天气糟糕，我们不得不提前离开博克拉。出租车把我们送回了车站，这里至少停着一万辆TATA。

一个人一边单手抓着一辆已经启动的TATA，一边在路上奔跑。他回头望着我们：

"你去哪儿？"

"**帕勒帕**（पाल्पा，pālpā，Palpa）。"

"哪儿？"

"**丹森**（तानसेन，tānasena，Tansen）。"

"不去，不去。那儿，那儿。"

如果你来到了一个不讲英语的国家，那些能讲几句英语的当地人就会成为你的英雄，他们知道你想要什么，而且为了炫耀他们的英语水平，他们还会不断重复同一句话。然而，并非所有人都很健谈，那个人随即跳上了车。

我们朝着他指的方向走了十几米，另一个人来到了我们面前：

"你去哪儿？"

NEPAL

"丹森。"

"哪儿?"

"帕勒帕。"

"这儿,这儿。"

他带你走出了车站,你以为你遇上了一个好心人,他会帮你找到你要的汽车,但是一眨眼工夫,他也突然消失了。所有人都戴着粉红色的达卡帽,你根本不知道刚刚谁在跟你说话。我感到很无助,他是不是正在戏弄我们?不过,我们很快发现有一辆很不起眼的小车停在路边。

"我要去丹森,帕勒帕。"

尽管有些书上说,丹森就是帕勒帕,帕勒帕就是丹森,但只有当它们两个连起来的时候,你才能找到答案。

"对,对。快上来,快上来。"

我们终于找到了我们要找的车,但我并不确定它去丹森还是帕勒帕,因为实际上,丹森是**蓝毗尼**(लुम्बिनी, lumbinī, Lumbini)区帕勒帕县的首府。

这辆车沿着**悉达多**(सिद्धार्थ, siddhārtha, Siddhartha)公路走走停停,三四个小时之后,司机突然指着窗外大喊:

"丹森,帕勒帕!"

我们都被吓了一跳,他就好像发现了一块新大陆。我们赶紧提着背包跳下了车。在我们下车的过程中，那辆车的轮子从来没有真正停止过转动。当我们站稳之后，车已经开走了，我们发现这里很荒凉，打开GPS才知道，这里其实距离丹森还有至少四公里。一部吉普车殷勤地开过来，他愿意以150卢比的代价为我们提供客运服务……

丹森是一座山城，即使吉普车已经陪你爬了四公里陡坡，到达城区之后，你还是没能找到任何一条水平的道路。有些路的坡度甚至超过了45度，你就好像游戏机里的人物，沉重的背包时刻都有可能让你滚下来从头开始。好在丹森人民都很友好，他们朝你微笑，还试图为你打气：

"Konnichiwa（こんにちは）！"

"Ni-Hao（你好）！"

"An-nyeong-ha-se-yo（안녕하세요）！"

"Ni-Hao！"

丹森是**马嘉尔人**（Magar）的地盘，马嘉尔人实际上和我们拥有同一个祖先，因此我猜他们能够听懂我在说什么。

和博克拉不同，在丹森，找旅店是一件麻烦的事情。由于它不是一座旅游城市，这里并没有太多适合外国人居住的地方。我好不容易找到了丹森最高档的酒店：**白湖宾馆**（Hotel The White Lake），但掌柜告诉我，标准间今晚正巧满房。我很失望。他问我要不要豪华客房。我参观了一下他的"豪华客房"，发霉的屋顶、发霉

NEPAL

的地板和发霉床单都令我难以容忍，它们就好像刚刚被白色湖水浸泡过一样。我只好摇了摇头，然后，我立刻意识到在这个国家你不能随便摇头，于是我又摊了摊手。

当我回到宾馆大堂的时候，我发现，这里的沙发已全被斯瓦扬布见过的那个红色韩国旅行团占领了。他们和中国人一样吵闹。如果你们有缘，上天也会动容，但这时候，天空下起了冰雹，每颗冰粒都比网球更大。好吧，只能说，上天有时候也会对你发出警告。

夜幕降临了，湿婆和毗湿奴决定先回家吃饭，显然，他们已经玩腻了扔冰块的游戏。但我们还没有找到落脚点，没办法，我只能去找镇长。镇长说，他家已经收留了几个法国人，但他知道，他的邻居有一间整洁的空房。

虽说那是一间空房，但我相信，平时这里一定有人常住，或许，这里每天都在接待外国人：它布置得很温馨，而且绝对一尘不染，因此进房间之前，我们必须像进寺庙一样脱鞋，普通尼泊尔家庭可不是这样。我看到房间里有许多插座，只可惜大部分插座里根本没电。墙上还挂着一幅有趣的装饰品，那是尼泊尔的日历。你能看懂那些天城文数字，这两个月分别叫作**"普萨"**（पुस，pusa）和**"麻哥"**（माघ，māgha），都有二十九天，这一年是2068年。

突然停电了。主人借给了我们一台电器——应急灯，那是上厕所用的。厕所在楼下的院子里，那是一间独立的小屋，就好像哈萨克牧民的茅房一样。但我保证，它是一个非常干净、没有异味的茅房，四周的白瓷砖光可鉴人，它和卢浮宫里的现代化厕所只有一个区别，你必须亲手从大水缸里舀水把你的排泄物冲走。考察完厕所之后，主人把应急灯要了回去，也许他们也需要上厕所，他们全家上下只有一台应急灯。

第二天早上，我们参观了那罗延的大庙、大天的中庙和贸易神**碧摩森**（भीमसेन，bhīmasena，Bhimsen）的小庙；这里还有一座教堂和一座清真寺，看上去，这是一个宽容的地方；一群身穿

NEPAL

红衣的孩子正在中央广场（坡道）游行，可能是为了迎接那些韩国人。帕勒帕的杜巴广场已被毛派游击队夷为了平地，而大门上的那块印有**"马嘉尔自治共和国"**（मगराँत स्वायत्त गणराज्य，magarāṁta svāyatta gaṇarājya，Magarant Autonomous Republic）的褪色横幅据说当初也是他们挂上去的。打仗时，他们极力拉拢少数民族，但执政后，他们似乎没有兑现诺言。

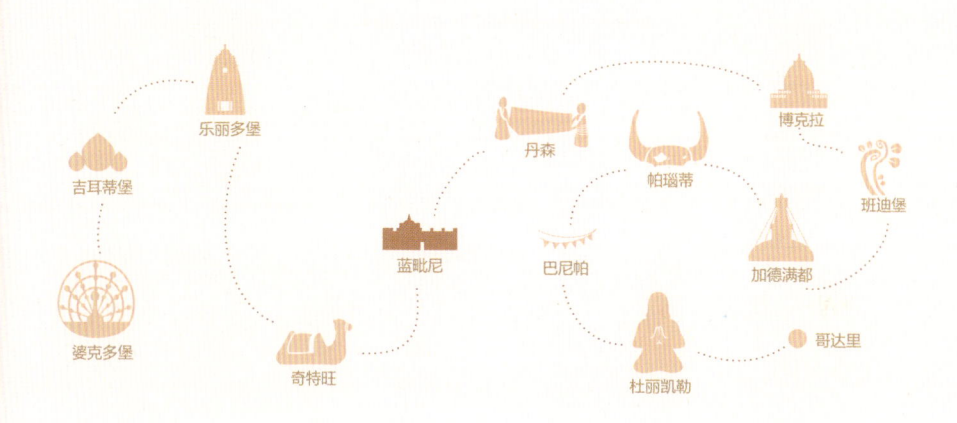

吉耳蒂堡　乐丽多堡　丹森　帕瑙蒂　博克拉　班迪堡　婆克多堡　蓝毗尼　巴尼帕　加德满都　哥达里　奇特旺　杜丽凯勒

佛教圣地

丹森的人民比丹森的天气友好得多，买车票的时候，车站站长一再叮嘱我们：

"别忘了在**陪热瓦**（भैरहवा，bhairahavā，Bhairahawa）换车，陪热瓦！"

这个名字于是深深地印入了我的耳朵，尽管实际上，我根本

NEPAL

不知道"陪热瓦"到底在哪儿。

为了先吃一顿饱饭,我们走进了车站边上的小吃店,店里只有老板娘一个人在张罗。我们要了很多吃的,她不紧不慢地制作。我们告诉她,我们的车大约三十分钟后开,她依旧非常笃定。

一边品尝玛萨拉茶和当地特产的土豆饼,我一边仔细研究地图。在潮湿的山顶上,就连土豆饼都会显得特别好吃。

"再来一份,如果时间来得及!"

老板娘并没有急于收钱或者做饼。她要先去一趟车站:
"放心,我去跟你们的司机说,他会等你们的。"

在这种地方,那些TATA可能提前出发,也可以专为乘客的午餐多停留五分钟。

但是翻遍地图,我始终没有找到一个名叫"陪热瓦"的地方,直到最后我才发现,它原来改过名字:现在,这座城市名叫**"悉达多那迦罗"**(सिद्धार्थनगर,siddhārthanagara,Siddharthanagar)。在梵语中,**"那迦罗"**(नगर,nagara)就是"城",所以你也可以称它为"悉达多城"。悉达多城几乎就位于尼泊尔和印度的国境线上,它是蓝毗尼地区**茹班帝希**(रुपन्देही,rupandehī,Rupandehi)县的首府,距离佛祖**悉达多·乔达摩**(सिद्धार्थ गौतम,siddhārtha gautama，Siddhartha Gautama）的故乡蓝毗尼只有不到二十公里，而那个蓝毗尼，正是我们的目的地。

TATA一路沿着悉达多公路南下，很快，我们就到了悉达多城。悉达多城并不热闹，因此这里的马路显得很宽。马路当中树立着一个婴儿的塑像，他一手指天、一手指地，我知道，那就是小悉达多。我们并没有在悉达多城停留太久，在马路对面，我们找到了一部开往蓝毗尼的小客车。

小客车上有几个歪歪扭扭的中文：少林客车，下面还印着一行英文：Shaolin Coach。太棒了，在尼泊尔和印度的边境，Shaolin Coach终于打破了TATA的垄断！当然，Shaolin Coach也许指的是那些少林武术教练，毕竟蓝毗尼是佛教的圣城，领悟了上乘武学的少林和尚有责任来这里训练一些僧兵。

到达蓝毗尼后，我们按照一本书的指引，在市场附近找到了一家旅店，这家旅店是印度人开的，就剩下最后一间房了，我很庆幸自己走得比美国大胖子快了几步，我们乘的是同一辆Shaolin Coach。但没过多久，当我准备洗澡的时候，我却遇到了麻烦。我只好叫来了服务员，她是老板的女儿：

"你好,我们的房间没有水。"

"我知道,我们马上就往水箱里灌水。"

"需要多长时间?"

"半个小时,或许……一个小时!"

通常来说,当你听到一个积极答复的时候,即便你不满意,你也只好停止抱怨,更何况,这里已经没有其他房间了,你也懒得再换一家旅店,所以你只好暂时打消洗澡的念头,先出门闲逛一圈。门外是一个平和的世界,你看到自行车、摩托车、卡车、印度白牛、山羊、鸭子和各种各样穿着打扮的和尚在同一条街上散步。

三个小时后,我们回到了房间,但房间里还是没有水,这一回,我直接找到了老板:

"你好,我们的房间为什么没有水?"

"别急,我的儿子会去处理的。"

我不知道他的儿子是不是工程师,但他足足研究了四十年,即使他心力交瘁得秃光了脑袋,房间里仍旧一滴水也没有。第二天早上,我又找到了老板:

"昨天你跟我说,你的儿子会来帮我们解决问题……"

"水泵出现了故障,暂时修不好,不想住,你今天可以走。"

此刻我失去了耐心:

"我们讨论的不是今天，而是昨天。真差劲！房间很脏，网络不好，你之前承诺房间里有热水可以洗澡，但结果是，那些龙头里连冷水都没有！"

"这是佛教圣地，你应该宽容。"

"我很宽容，所以我足足等待了二十个小时。"

"你们中国人真麻烦！"

我不知道他为什么要这么说，我讨厌种族主义，任何一个在国外生活过的人或许都会有同感，所以我只能反唇相讥：

"很遗憾，不仅是中国人，全世界的人都需要洗澡，难道你们印度人不需要洗澡吗？"

尽管我知道这个问题很蠢，因为确实有很多印度人不怎么洗澡，但这句话明显触动了他的自尊心，慷慨的印度人马上做出了

在圣地冥想

NEPAL

决定：

"我不收钱，你们走，以后我不做中国人生意。"

边上的老板娘一脸诧异，她想推翻丈夫的决定，但她的丈夫非常坚决。

在圣地游弋

然后，我们拿着两天的预算住进了中国人开的高级酒店。尽管酒店里的员工没有一个来自中国，但他们都知道中国人需要洗澡。房间不仅提供热水，还提供干净的毛巾、干净的床单和干净的衣柜，甚至还有一台电蚊香……

在圣地奔跑

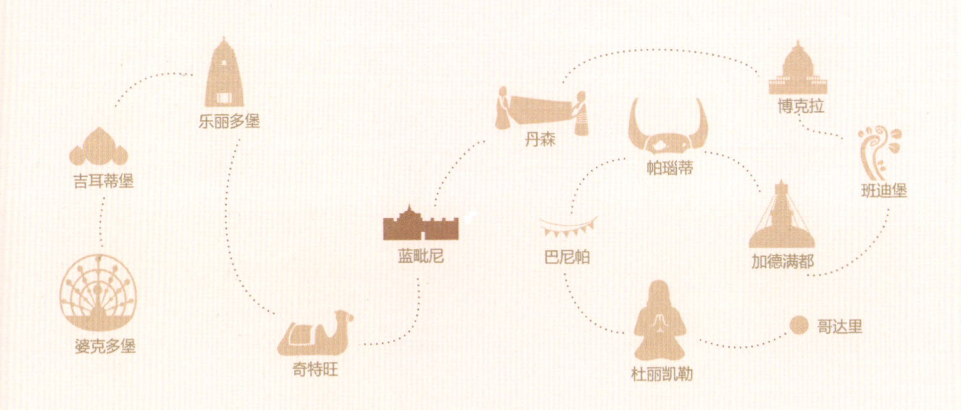

吉耳蒂堡　乐丽多堡　丹森　帕瑙蒂　博克拉　班迪堡
婆克多堡　奇特旺　蓝毗尼　巴尼帕　加德满都　杜丽凯勒　哥达里

世界寺庙博览会

摩诃摩耶（महामाया，mahāmāyā）又被我们称为"大幻化夫人"，因为在梵语中，"摩诃"就是"大"，"摩耶"有"幻觉"的意思。她原本是**天示城**（देवदह，devadaha）的一位大小姐，后来，她嫁给了**迦毗罗卫城**（कपिलवस्तु，kapilavastu）的行政长官**净饭王**（सुद्धोदन，śuddhodhana），也就是小悉达多的爸爸。因此不用说你也能猜到，大幻化夫人其实就是小悉达多的妈妈。如果你的孩子也像小悉达多那样聪明可爱，你一定会整天笑得合不

NEPAL

拢嘴，但这位大幻化夫人并没有那么走运：她生小悉达多之前，就经常做一些奇怪的梦；然后她被赶回了娘家；回到娘家之后，她本来好端端地在浴池里洗澡，但她突然感到肚子疼，于是她走出浴池，站在一棵无忧树下，生下了小悉达多；更糟糕的是，由于她是一位高龄产妇，生下小悉达多后不久她就死了。她只能把儿子托付给了她的妹妹、她丈夫的另一位妻子**幻化夫人**（माया，māyā）。真是一个悲惨的故事！鉴于她的身世如此可怜，几十年前，人们为她在蓝毗尼修了一座**摩耶夫人庙**（**मायादेवी मन्दिर**，māyādevī mandira，Maya Devi Temple），它是整个蓝毗尼最让人心动的地方。

当然，这座寺庙的动人之处远不止于此，这里还有一堆非常古老的石头：早在公元前3世纪，印度**孔雀帝国**（मौर्य साम्राज्य，maurya sāmrājya，Maurya Empire）的**阿育王**（अशोक，aśoka，Ashoka）就在这里建过一座寺庙，为了证明小悉达多确实出生在这里，他还亲自树立了一根柱子。

由于这位大人物曾经踩过这里的石头，这座寺庙也成为了整个尼泊尔最隆重的地方。你必须脱鞋才能够进入庭院，只有赤脚，你才能体会到他的温度。这也许是那个时代的规矩，也许那个时代的人本来就不穿鞋。

除了摩耶夫人庙，蓝毗尼还有一个有意思的地方：世界各国都在这里建造了寺庙，这里就好像一个世界寺庙博览会。如果你从来没有去过中国、日本、韩国、越南、泰国、柬埔寨、缅甸、印度和斯里兰卡……你一定能够在这里大饱眼福。

NEPAL

中国人在这里建了一座中华寺。尽管看上去，它更像一座花园，和中国的那些著名寺庙相比，它不但缺少佛塔和细腻的工艺，还缺少超凡脱俗的气质，在这里，甚至连和尚你也见不到一个，但在外国人眼里，它依旧非常讨人喜欢。寺庙门口有一个小商品市场，这一点倒是和中国各地的寺庙一模一样。

韩国人建的**大圣释迦寺**（대성석가사，Dae-seong-seog-ga-sa）就在中华寺对面，那是一座高大雄伟的混凝土建筑，但它仍处于烂尾状态。

柬埔寨寺也处于烂尾状态。

尼泊尔寺也处于烂尾状态。

越南建造的佛国寺**林毗尼**（Việt Nam Phật Quốc Tự Lâm Tỳ Ni）（越南人民的语序总是那么出人意料）非常漂亮，它的外形就好像一座道观，它一直关着，可能他们的住持正在闭关炼丹。

泰国人建了一座白色寺庙。有许多泰国义工在那里出售好吃的鸡蛋脆饼。

缅甸佛塔和佛寺的造型都很别致，如果缅甸人愿意花钱买更好的油漆，它们的效果会更好。

印度寺和他们的旅店一样简陋。

斯里兰卡寺非常华丽，但里面只住着一个斯里兰卡人，他是寺庙的方丈，他收留了十个尼泊尔孩子做沙弥。

噶举派藏传佛教寺庙佛灯火寺和实修寺隔墙而立：佛灯火寺

的喇嘛在他们的寺庙前踢篮球，而实修寺的喇嘛显然更喜欢乒乓。我觉得，他们应该搞一场友谊赛，比赛的项目将是羽毛球。

另外，蓝毗尼也有一座日本山妙法寺，这座日本山妙法寺也有一座世界和平佛舍利塔，但这座世界和平佛舍利塔的造型和博克拉的不太一样。你能看见一个日本光头带着两个尼泊尔光头在白塔上不停地绕圈圈。

除了这些东方寺院，那些根本不信佛教，但又从来闲不住的西方人也跑来凑热闹。法国的寺庙拥有一个越南名字：**灵山厨**（Linh Sơn Chùa）。在越南，"厨"（Chùa）这个汉字意为"寺庙"；德国的大莲花佛塔和奥地利的菩提道次第法源寺则供养着西藏的喇嘛。

我们和次第法源寺的一个喇嘛聊了很久，他信仰一个名叫"多

止贡噶举莲花佛塔（德国寺）

杰雄天"（རྡོ་རྗེ་ཤུགས་ལྡན་，rdo-rje-shugs-ldan）的少数教派：

"你会说汉语？"

"是的，我学过，但好久不说了。"

"想家吗？"

"嗯。"

"出来多久了？"

"十年了。"

"那么久？"

"嗯，学习大小五明和五部大论都很花时间，总共需要二十多年。"

"你们一直待在这里？"

"我们轮流过来,主要待在印度。但我不是逃出来的,我很爱国,我是拿着签证出来的。学完我就回去。"

"那你平时不回去吗?"

"护照过期了,所以回不去,我也不知道该怎么办。对了,你能帮我问一下吗?"

蓝毗尼只有一座尼姑庵,这说明男人比女人更容易看破红尘。

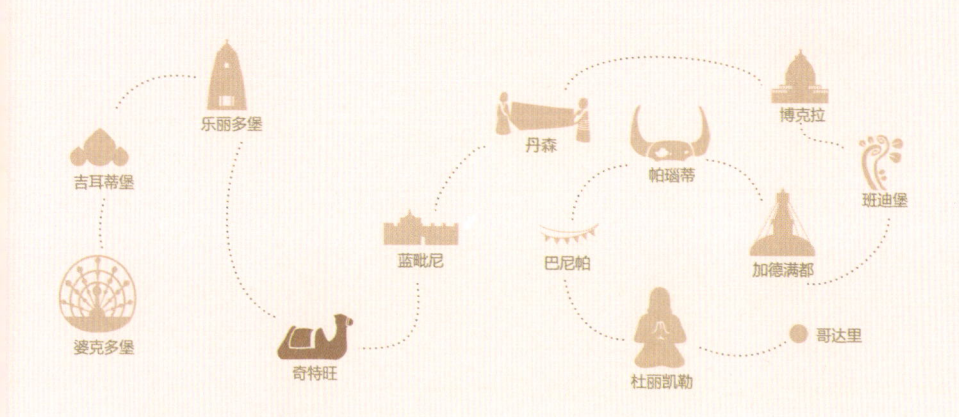

吉耳蒂堡　乐丽多堡　丹森　帕瑞蒂　博克拉
婆克多堡　奇特旺　蓝毗尼　巴尼帕　加德满都　班迪堡
杜丽凯勒　哥达里

小奥巴马

一部从蓝毗尼出发的班车直接把我们送进了**那罗延尼**（नारायणी, nārāyaṇī, Narayani）地区**奇特旺**（चितवन, citavana, Chitwan）县的首府城市**婆罗多堡**（भरतपुर, bharatapura, Bharatpur）。由于即将转向北方，它没有殷勤地送我们去车站，而是把我们扔在了那罗延尼河边一个名叫**"那罗延迦多"**（नारायणघाट, nārāyaṇaghāṭa, Narayanghat）的地方。这里的"**迦多**"（घाट, ghāṭa）是一排南亚特有的水中阶梯，南亚人民喜欢站在河里洗澡，"迦多"实际上就是他们洗澡的地方，因此我为这个地方取了一个更好听的名字："那罗延澡堂"。

"那罗延澡堂"其实不仅是一个澡堂,它还是一片商业区,虽然行政上属于婆罗多堡,但当地人都认为,它和婆罗多堡是一对**twin cities**(双胞胎城市)。

全世界总共有上百对**twin cities**,但你其实并不理解人们为什么要这样称呼它们。两座城市根本不可能像双胞胎一样长得如出一辙,因为它们的居民都害怕认不出自己的家乡。甚至那罗延澡堂和婆罗多堡可能连兄弟姐妹都称不上,因为那些**sister cities**(姐妹城市)通常距离很远。比如说上海,它总共有六十多个**sister cities**,那真是一个非常庞大的家族,但其中的百分之九十都位于地球的另一头,它们从来不会见面。

虽然两座城市离得很近,它们也可能只是普通的邻居,就好像我们眼前的这两家饭店。我们没有看上第一家饭店的炒饭,所以去了另一家。当然,如果你非要坚持,我们也可以称它们为**twin restaurants**(双胞胎饭店)……

吃完饭,我们决定继续赶路,这时候,有一部小货车停在了我们面前:

"你们要去哪儿?"

"**扫罗哈**(सौराहा,saurāhā,Sauraha)。"

"上来,快上来,跟我们走!"

原来他们是扫罗哈一家旅馆的老板,他们刚采购完蔬菜,正准备回去,他们很乐意带我们一程,如果我们能够看上他们的旅店,他们一定会更加高兴。

二十分钟后,小货车开进了扫罗哈。虽说"扫罗哈"在当地的语言中是"丑陋"的意思,但实际上,它并不见得比其他尼泊尔乡村更糟。这里有许多树,还有漂亮的农田,那些房子都建得特别规整,尽管你也知道,它们都是专门为外国游客准备的。又过了两分钟,小货车熄火了,我们已经来到了一家旅店门前。

这家旅店的名字竟然叫作**"鳄鱼狩猎旅舍营地"**(Crocodile

NEPAL

Safari Lodge & Camp）！我发誓，当我第一眼看到这个名字的时候，我整个人都僵硬了。之前，我只听说过**"大象狩猎"**（Elephant Safari）、**"骆驼狩猎"**（Camel Safari）或者**"吉普车狩猎"**（Jeep Safari），它们的大概意思是，让大象、骆驼或者吉普车带着你去森林里转一圈，但**"鳄鱼狩猎"**（Crocodile Safari）听上去实在太恐怖，你很难想象自己骑着那些丑陋的短腿家伙在森林里闲逛，这里的老板竟然用这种方式来恐吓游客。

于是，我们马上逃出了这家旅店，走进了隔壁、它的**twin lodge**（双胞胎旅舍）——**奇特旺盖德旅舍**（Chitwan Gaida Lodge）。我不知道**"盖德"**（Gaida）到底是什么意思，不用告诉我，说实话，我也不想知道，这样很好，万一它是某样特别奇怪的东西。

奇特旺盖德旅舍的房间很有特色，每一间都有一个主题。如果你的主题是老虎，那你房间里的每一样摆设都会被他们画上虎纹，甚至他们还会在墙上挂一块虎皮。当然，那是假的，我们必须保护动物，即便它们不把我们当朋友，我们也应该把它们当朋友看待。但这样的布置的确能够让你陷入，你会发现自己好像一个嗜虎如命的疯子；同样，如果你的主题是斑马，你就会成为一个嗜斑马如命的疯子；如果是犀牛，你就会成为一个嗜犀牛如命的疯子……不得不说，我喜欢这种疯狂，城市里的人天天都在想方设法寻找疯狂，就好像那些原始部落天天都在向往安逸的生活。不过，我绝不会住进以鳄鱼为主题的房间，房间里一定会挂一整条鳄鱼，那么到了晚上，你根本就别想关灯睡觉了。幸好，这里只剩下了一间"猎豹"。

紧接着，一个长得和奥巴马一模一样的家伙出来和我们谈判。坐在他对面，你感觉自己就好像俄罗斯的总统普金，如果不是因为他再三向我们保证，他的父母的确都生活在尼泊尔，我一定会以为他是美国（前）总统的twin brother（双胞胎兄弟）。

小奥巴马是这家旅店的总经理，他说他也是一个打工仔，幕后老板是这个国家的某位官员，但他对旅店从来不吝惜溢美之词。这样很好，关键是价钱，这是一场没完没了的拉锯战，因为他知道我们的选择其实很多，他也知道我们觉得这个地方不错。拉锯战不断耗费着时间，直到他说出了他们的可怜境遇：

"你知道吗？我们的成本其实很高。我必须养活这里的每一个人：厨师、服务员、门卫、司机、清洁工……"

"嗯。"

"而且，毛派游击队还常来骚扰我们。"

"骚扰？"

"他们会来送信。"

"送什么信？"

"请求我们资助他们的革命事业。"

"如果你们不答应呢？"

"我不知道，他们有炸药，他们随时都有可能把我们炸上

NEPAL

天。"

"天啊,这是勒索!他们不是进入政府了吗?作为政客,他们还能这么干?"

"他们可不管。"

我最终屈服了,我同意每天支付他们800卢比,我可不想被人炸飞。

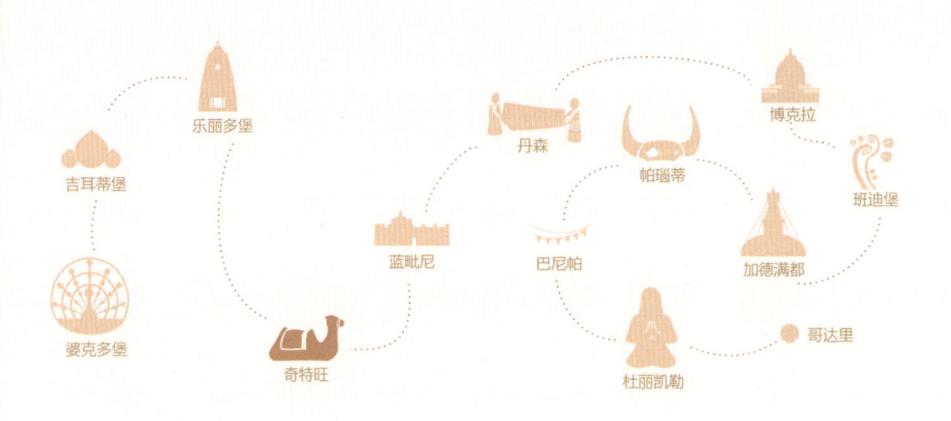

吉耳蒂堡　乐丽多堡　丹森　帕瑙蒂　博克拉
婆克多堡　　　蓝毗尼　巴尼帕　加德满都　班迪堡
　　　奇特旺　　　　　杜丽凯勒　　哥达里

那些动物……

小镇扫罗哈就建在**罗帕蒂**（रापती，rāpatī，Rapti）河边上，罗帕蒂河是一条不宽不窄的小河，它的对面就是奇特旺国家公园，奇特旺国家公园其实就是一片大森林。

"奇特旺"中的**"奇特"**（चित，cita，Chit）并不是汉语，所以这片森林一点都不奇特；Chit当然也不是英语，所以在那里，你也见不到天真的幼儿；它实际上是**"奇特里"**（चित्रि，citri）的缩写，而"奇特里"，是扫罗哈土著**塔鲁人**（थारू，thārū，Tharu）对豹子的一种称呼；至于**"旺"**（वन，vana，Wan），中文翻译得很好，它的本意就是"旺盛的树林"；所以"奇特旺"连起来就是"豹子的森林"。

你还没来得及走进这片森林，就已经闻到了它的气息：小镇上有各种各样的飞禽走兽，其中一些并不算稀奇，比如说，小狗、小鸡、小鸭，这些动物，你天天都能见到，但这里的大黑牛长得非常好笑，虽然它们已经成年了，但它们弯弯的牛角却还没有它们的耳朵大；另一些动物，你的确只能在森林里见到，它们也许都是从奇特旺溜出来的：比如说，你看到了几只异常漂亮的蓝色小鸟，它们就在你的头顶上飞来飞去；几头闲庭信步的大象，尽管上面坐着象夫；几条懒散的鳄鱼，它们的模样实在令人反胃；一头漂亮的犀牛，那是一尊尤其逼真的雕塑；还有好几头骆驼。很奇怪，事实上，就算在奇特旺国家公园里面，你也根本找不到骆驼，骆驼应该生活在干燥的新疆、炎热的中东，或者更

炎热、更干燥的北非，我不知道，它们为什么会跑来这里。而且这些骆驼穿得很少，在这里露宿，晚上它们恐怕会着凉。

如果你想和动物来一次亲密接触，和大象一起洗澡或许是一个不错的主意：和站在迦多上的那些当地人一样，这里的大象也喜欢在河里洗澡。首先，它们会自觉躺倒在河滩上。因为它们长得很高，这样做，是为了让你能够骑到它们的背上，你拉紧缰绳之后，它们就会站起，然后慢吞吞地走到水更深的地方。一旦水淹没了它们的膝盖，它们就会迅速卷起一团河水，重重地将它砸向自己的背脊。但是通常，水团会直接命中你的脑袋。鉴于你的脑袋其实很硬，它并不容易被水团砸烂。但是说真的，水很冷，你就好像在冲冷水澡一样，因此你叫得很凄惨，对你来说，如果

河水的温度能够保持在四十度,那就更完美了。不过,那些大象叫得比你还要大声,它们显然喜欢这种冰凉的感觉。

大象玩得很开心,你也玩得很开心,但你不能真把这个当作洗澡,因为你知道,那些鳄鱼和白鹭经常偷偷地在河水里尿尿。而且我可不想感冒,我必须马上回去再洗一遍。这次我要热水,四十度。

洗完两遍之后,我们观看了塔鲁人的舞蹈表演。塔鲁人是一个拥有非凡舞蹈天分的民族,而且他们非常喜欢亲近动物。或者说,他们也把自己当成了一种普通的动物,他们认为自己是森林的一部分。这是一种正确的态度,因为只有这样,你才能靠近森林、接触森林、感受森林,因为只有这样,你才能真正地融入。

森林里不仅有可爱的动物，其实更多的是危险，他们的跳舞说明了一切：他们借助火把和皮鼓驱赶野兽，他们依靠木棍垂死挣扎……

NEPAL

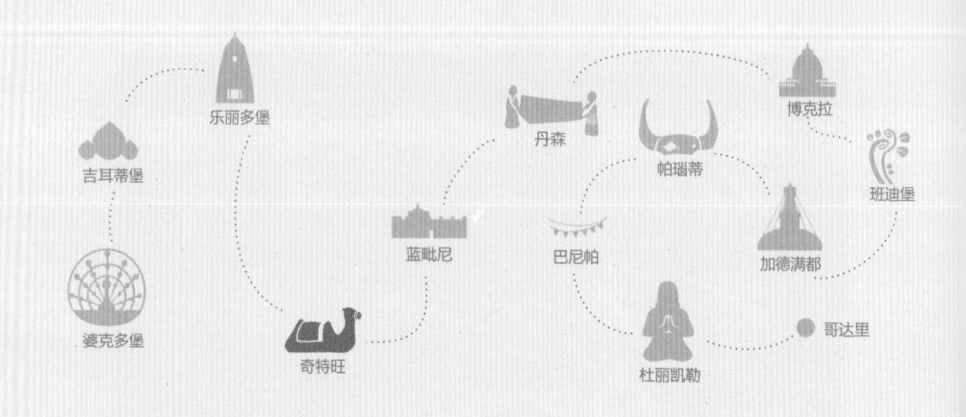

吉耳蒂堡　乐丽多堡　　丹森　帕瑙蒂　博克拉
　　　　　　　　　　　　　　　　　　　班迪堡
婆克多堡　　　蓝毗尼　巴尼帕　加德满都
　　　奇特旺　　　　　杜丽凯勒　哥达里

塔鲁双侠

　　好像中国的一些景区一样，奇特旺国家公园最近两年也把他们门票的价格抬高了好几倍，而且现在，他们禁止你在森林里的营地过夜，这就意味着，他们把你的次票改成了当日票。一张门票只能使用一天，不，确切地说，是十个小时，因为天亮之后你才能进去，你还得在天黑之前出来，每个出入口都会有几名荷枪实弹的尼泊尔士兵把守。

他们说，这些举措是为了更好地保护动物，但奇怪的是，森林里的动物并没有因此增加。正相反，它们仍在不断减少，由于门票限制了游客的活动时间，为了提高效率，更多的人选择了吉普车。但很明显，这不是一件好事，庄子和塔鲁人都知道如何与自然和平共处，但吉普车不知道。你能想象老虎和猴子看到吉普车呼啸而过后的惊讶表情。

小奥巴马告诉我们，这都是政府在捣鬼："那些领导整天都在胡思乱想，他们疯了，他们渴望更多的钱，所以一拍脑袋，做了这些愚蠢的决定。其实票价上升之后，生意会变得更加难做，因为来玩的人会减少。"你不得不佩服奥巴马家族的洞察力。

根据奇特旺的另一项规定，每支"探险队"，也就是进入森林的游客团队，都必须配备至少两名guide（向导）。他们说，这项规定其实是为了保障游客的安全。他们说得可能有道理，但我不明白为什么每年还是会有意外发生，而且丧命的……永远是游客。

幸好，我不用担心这个。小奥巴马告诉我们，他的旅店拥有全世界最棒的guide。我相信他并没有骗人，不然这家旅店为什么要取名为Gaida呢？不一会儿，两位塔鲁高手来到了我们面前。他们都很健壮，手里拿着一根齐眉棍，看上去身手了得，由于他们的名字不太好记，我们就叫他们"飞飞侠"和"蹦蹦侠"好了。

"你们会功夫吗？"
我问他们。

"当然！"
他们回答。

"能不能表演一下？"

他们将手中的棍子挥动了几下。哦，太精彩了！他们的动作和昨天跳舞的那群塔鲁人一模一样，我心想，唐三藏的徒弟孙悟空一定也是一个塔鲁人。

"两位大侠，如果遇到老虎，你们会使用哪一招？"
"如果遇到老虎……那就赶紧逃！"

"但是老虎跑得更快。"

"所以早点睡，养足你们的体力。"

这个回答令人惊讶，也许，这就是塔鲁人的哲学。

"还有一个问题，Gaida到底是什么意思？是不是guide的尼泊尔拼法？"

"哦，不。**Gaida**（गैडा，gaiḍā）是一种犀牛，它们很危险，千万不要靠近它们。"

第二天清晨，我们在旅店享用了一顿丰盛的早餐，然后，我们就跟着塔鲁双侠出发了。塔鲁双侠为我们挑选了一条结实的独木舟，我们依次坐了上去。罗帕蒂河此刻弥漫着灰色的晨雾，它看上去就好像希腊神话里的**阿刻戎河**（Αχέρων，Acheron），就连我们的艄公也和**卡隆**（Χάρων，Charon）长得一模一样。所不同的是，这里比冥界更加生动，独木舟从几条鳄鱼中穿过，它们似乎还没有睡醒，正迷迷糊糊地吃着它们的早餐。一个半小时后，我们终于抵达了森林腹地。脚踏实地的感觉真好。

NEPAL

我们立刻在岸上看到了一连串脚印。蹦蹦侠对我们：

"嘘！说话小声一点！这些都是老虎留下来的，它一周之前来过这里！"

"哇！"

他并没有显得特别慌张，所以我们也不必慌张。我猜他们会带每一个游客来到这里，然后对他们说出几乎同样的话："老虎十天前来过这里！"或者"老虎两周前来过这里！"而每一个游客大概都会很配合地敷衍他们："哇！"

除了让我们既热爱又惧怕的老虎，奇特旺还生活着好几种猴子，它们会在远处观察我们。我们一旦靠近，它们就会散去，这样很好，这说明，它们同样既热爱又惧怕我们。我心想，一周之后，它们或许也会成群结队从树上跳下来研究一下我们的脚印："哇！"

然后我们发现了一头犀牛。我不知道它是不是Gaida，塔鲁双侠也不知道，因为它距离我们实在太远。我想弄明白，所以我试着不断靠近它。但那个大家伙其实非常灵活，它跑得很快，大

地也抖得很厉害。它可能不愿意见到我们,但塔鲁双侠显然更不愿意见到它,半个小时后,他们带我们回到了吉普车行走的主干道,塔鲁双侠相信这样更加安全,因为他们知道,动物都受不了汽油味。

然而我们还是在路边发现了两只黑熊:母熊带着小熊正在草丛里晒太阳,它们很平静,看上去很友善。塔鲁双侠有一些不知所措,蹦蹦侠建议我们不要靠近它们:

"我们该走了,别错过那些更有趣的地方!我知道一个水塘,那里有很多鳄鱼,我们也可以爬上观测台观察那些小鸟。"

但我们对鳄鱼和小鸟都不感兴趣。

不久之后，留着长发的飞飞侠告诉我们，无论如何，他都不愿再往前走一步了，他已经走不动了。说实话，在其他地方，你还从来没有遇到过这样的向导。于是我们只好穿过树林，回到了河边。罗帕蒂河对岸有一座村庄，它的名字叫作**"帕蒂哈尼"**（पटिहानी，paṭihānī，Patihani），另一位"卡隆"把我们接了过去。此时，太阳刚刚开始下垂，帕蒂哈尼在夕阳下带着一丝诡异。

河景旅舍

为了接待刚从森林里逃出来的游客，善良的帕蒂哈尼村民义无反顾地在村口搭建了好几家旅店。这些旅店都紧紧地挨着，每家都只有三四间平房，鉴于它们全都集中在河边，它们的名字全都叫作**"河景旅舍"**（River View Lodge）。戴帽子的蹦蹦侠告诉我，这里的条件当然比不上镇上的"盖德"，但他一定会为我们尽力安排最好的住处。一分钟后，我们走进了其中一家河景旅舍。

看到有人来，老板娘心花怒放地跑了过来。你以为她要给你一个大大的拥抱，但你很快发现，她并不是冲你来的。她甚至没

NEPAL

有多瞧你一眼，只是对着塔鲁双侠使劲地微笑，他们三个看上去就好像失散了十八年的一家人。

久别重逢的场面当然令人感动，那是一个大团圆结局，你就好像正在观看莫里哀的喜剧。但是再棒的喜剧也需要落幕，鉴于我们不可能永远傻站在那里，我最终还是怯生生地打断了他们：

"Namaste（नमस्ते, namaste）！"

这是尼泊尔最标准的问候方式，相当于"你好"，本意是"向你致敬"。我问老板娘有没有房间，她用钥匙打开了一扇门；我问她有没有更好的房间；她迟疑了十五秒，又用钥匙打开了另一扇门；我问她是不是再也找不到更干净的房间了；她想了半天告诉我们，整个帕蒂哈尼的房间几乎都这样；我问她在这里住一晚需要多少钱，蹦蹦侠抢过了话：

"标准间700卢比，豪华间900卢比。"

我无法理解，"刚回到家的男主人"为什么要把那个连厕所都没有的农舍称为"标准间"，把那个只多了一道水泥墙的"标准间"称为"豪华间"。

"豪华间，600卢比怎么样？"

蹦蹦侠甚至没有跟老板娘商量：

"标准间给你600卢比，想住豪华间，你必须支付800，这是全村唯一能洗热水澡的地方。"

"我刚刚试过，水管里只有冷水。"

"你放心，那是太阳能的，它正在充电，水待会儿就热了。"

我看了看即将坠入森林的太阳，老板娘看了看蹦蹦侠，她想要说话，蹦蹦侠阻止了她：

"标准间500，豪华间700，这是最低价。"

"好吧，那我们还是自己找地方住吧。明天早上，我们在这里汇合。"

于是，我们留下了不知所措的老板娘、一脸镇定的蹦蹦侠和一脸不悦的飞飞侠，走出了这家河景旅舍。

隔壁，是另一家河景旅舍，一个七八岁的男孩马上迎了上来。他喜欢说英语，是这家旅店的大管家，配合肢体语言，他能够理解任何一个英语单词；他的父母也喜欢听他说英语，尽管他们根本听不懂英语。

"有房间吗？"

"有！"

男孩回答。

"有网络吗？"

"有！"

"房间里有电吗？"

男孩和我

NEPAL

"有！"

"有厕所吗？"

"有！"

"有热水吗？"

"没有。"

男孩显得很沮丧。

"没关系，让我们看一看你们最好的房间。"

男孩马上跑到一间农舍前，用钥匙打开了门。

"多少钱？"

"只要600卢比！"

"'只要'？小滑头，600太贵了！300怎么样？"

"最低500。"

"350？"

"400，这是我爸爸定的最低价。"

"原来你的爸爸才是这里的老板？那好，你快去跟你的爸爸商量一下，我只愿意出350。"

男孩飞奔而去，过了十秒钟，他开心地跑了回来：

"350卢比。成交！但有一个条件，别把这个价格告诉其他客人。"

"好的……现在，我饿了，请问你们有餐厅吗？"

男孩带我们来到了这家河景旅舍的餐厅，显然，那也是他们自己的餐厅，厨房和他们的卧室就在隔壁。它是一个真正的河景餐厅，正对着罗帕蒂河、森林和落日。餐厅里只有一张大桌子，已经有一对美国父女（至少看上去像是父女）坐在了那里。桌子上摆着一份菜单，我们打开菜单，炒饭的价格起码是北京的三倍。

等待开饭的过程永远那么漫长，你就好像一个正在等待高考成绩的中学生，而那对父女也正在等待他们的SAT（美国高考）成绩。你不知道老头有没有超过高考的年龄限制，总之他也十分无聊，于是就跟我聊了几句：

"你们的房间多少钱？"

"那个男孩不让我告诉你。"

"好吧。他很机灵。"

"是的，我喜欢他。你们的房间多少钱？"

NEPAL

"600卢比，见鬼，除了两张小床，里面什么都没有。"

"是的，因为你其实还担负了向导的住宿费用。"

"这个我知道。我的腿脚不好，他们烦了我一路，所以我没有还价。"

"我们的向导腿脚也不好，所以我也烦了他们一路……他们之前带我们去了隔壁那家，开价要900卢比。"

"900卢比！这太疯狂了！"

"是的，关键是，那里也只有两张小床。所以我们自己跑出来了。其实900卢比没多少钱，但你知道，在尼泊尔，它不值这个价。"

"是的！"

"不过这里的饭菜也很贵！"

"是的！"

这时候，男孩兴奋地跑了过来：

"晚饭已经准备好了！"

他把饭菜端了上来，我尝了一口，味道还不错。河景在我们眼前逐渐散去，化成了一片灰暗，最后一缕阳光停止了呼吸。

NEPAL

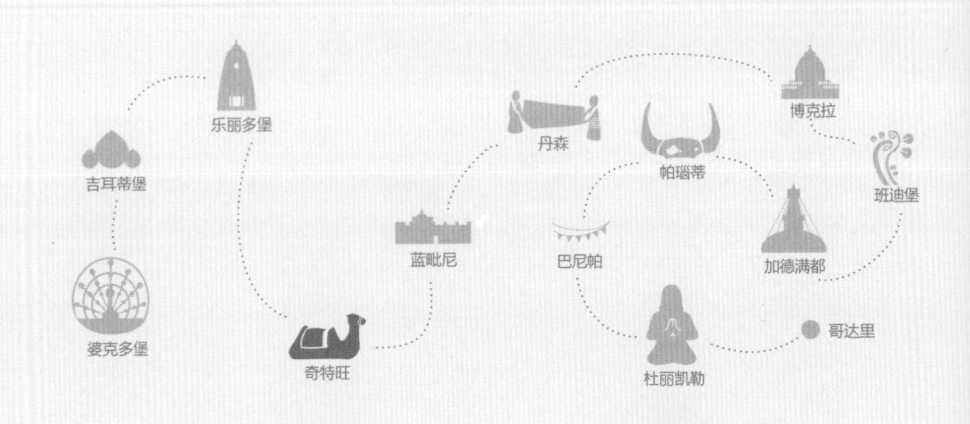

乐丽多堡　丹森　帕瑙蒂　博克拉
吉耳蒂堡　　　　　　　　　　　班迪堡
　　　蓝毗尼　巴尼帕　加德满都
婆克多堡　奇特旺　　杜丽凯勒　哥达里

历险记

还没来得及多看一眼帕蒂哈尼的清晨，我们就出发了。鉴于旅店的"大管家"是一个非常讨人喜欢的"小滑头"，临行前，我来到了他的床前。我告诉他，如果他想变得更机灵，他应该尽量待在学校，花更多的时间学习课本上的知识。将来有机会，他还应该出国瞧一瞧，比如说，去中国。到时候，我会在中国迎接他。说实话，我并不确定他是否真有那种机会，我也不知道在这个国家学习是否真的那么重要，但是在我看来，他很聪明，也很有好奇心。如果你同时具备了这两种天赋，你就不应该白白地浪费它们。总有一天，那些知识将会指引他找到他喜欢的生活。幸运的是，他的爸爸是一个深谋远虑的人，尽管从来没有离开过家乡，也没有受过好的教育，但他鼓励自己的儿子多从游客那里了解外面的世界。他很伟大，如果我是他，我也不情愿看着自己的儿子当一辈子管家。

一秒钟之后，我们按照约定的时间，走进了隔壁那家旅店。塔鲁双侠有一些恋家，但是不得不说，今天早上他们表现得很好：他们只让我们等了二十分钟。要知道，南亚人很容易搞错时间，他们的手表经常莫名其妙地失灵。

鉴于我们的门票已经过期，而且我们也不想被把守奇特旺国家公园大门的士兵用子弹打穿脑袋，我们只能沿着罗帕蒂河北岸返回扫罗哈。晨雾的味道很重，幸好花草足够清新。踩过一片草地之后，我们跟着塔鲁双侠走进了婆罗多堡的地界。婆罗多堡是尼泊尔的第五大城市，它拥有十五万人口，但是在这里，你连一个人影都没有见到。没有乡镇，没有村落，只有树林：几百万棵树、几十万只鸟、几万只猴子和几千头鹿才是这里真正的居民。相对于奇特旺，这片树林比较无聊，野象、犀牛和黑熊都不喜欢这里，老虎也绝少来这里散步。只有飞飞侠显得格外兴奋，他一刻不停地哼着尼泊尔小调。也许他确实非常害怕黑熊，也许他昨

NEPAL

晚做了一个好梦。

尽管这段路上,你看不到那些大块头的野兽,但蹦蹦侠还是会想方设法让你高兴,当他找不到脚印的时候,他就会给你看那些粪便:

"这是几粒羊屎。"

"好的。"

"这是几粒鹿屎。"

"好的。"

"这坨屎是犀牛一周之前留下的。"

"它长得很可爱……"

我怀疑,那些粪便都是蹦蹦侠自己扔在那里的,他害怕在树林里迷路。

"咦?这是什么动物的粪便?"

飞飞侠问。

"笨蛋!这是一条正在睡觉的蛇。"

蹦蹦侠回答。

尽管飞飞侠很害怕黑熊,对动物的粪便和脚印也同样一无所知,但我从不会怀疑他的能力。很快,你就会知道他为什么被称为"飞飞侠"了:

当我们看到悬崖的时候,我们惊呆了。悬崖对面有一个山头,距离这一端大概只有十米,但是根本没有桥,两个山头之间只是随意架着一截木头。我敢保证,那截木头真的很细,它看上去还没有我的大腿粗。更糟糕的是,它还在滚动,而且悬崖至少有三十米高,下面是一条湍急的小河。这时候,不可思议的事情发生了,飞飞侠只用了三秒钟,就飞快地跑过了悬崖,他几乎是

从那截木头上飞过去的，你能够看到他的辫子还在他的脑袋后面飘扬。

但我又没有学过轻功，而且一路上，我见过太多不当心的大树，它们躺在河里，只留下一小部分仍然露出水面，那里都成为了鳄鱼的城堡。我可不想像那些大树一样一头栽进河里，我也害怕被那些鳄鱼吃掉，所以我只能跟着蹦蹦侠爬下悬崖，从躺在河里的一棵大树上过河。

为了做一个示范，蹦蹦侠率先蹦蹦跳跳地过了河，然后他把棍子扔给了我。"金箍棒"给了我自信。我用它撑着河床，立刻站上了那棵大树。结果大树一晃，我脚底一滑，还是栽进了河里。蹦蹦侠无奈地看着我，就好像当初孙悟空无奈地看着他的师傅。幸好水不深，在鳄鱼到来之前，我赶紧逃上了岸。

接着，我们又走了一段路，途中遇到了许多正在晨练的猴子。当我们再次看到人烟的时候，我知道，奇特旺大象繁育中心终于到了。

蹦蹦侠向我们介绍："这个地方就好像大象的幼儿园。"与其说它是一个幼儿园，倒不如说它是一个集中营。所有的大象都被

NEPAL

他们用沉重的铁链锁在那里，它们只能在七八平方米范围内缓慢地移动，吃些干草，晒一晒太阳，看两眼拿着相机疯狂拍照的奇怪游客，然后什么都干不了。除此之外，它们每天只有两次短暂的放风时间。实在太可怜了。我上幼儿园的时候，每个小时都会有一次自由活动。

看完集中营，我们又遇到了一条大河，这次很幸运，河上有一座简易的桥，它起码有半米宽，相对于先前的独木桥，它就好像一条宽阔的高速公路。桥的那一头，一辆吉普车已经等候多时了，它将把我们接回扫罗哈。

吉耳蒂堡　乐丽多堡　丹森　帕瑙蒂　博克拉　班迪堡
婆克多堡　奇特旺　蓝毗尼　巴尼帕　杜丽凯勒　加德满都　哥达里

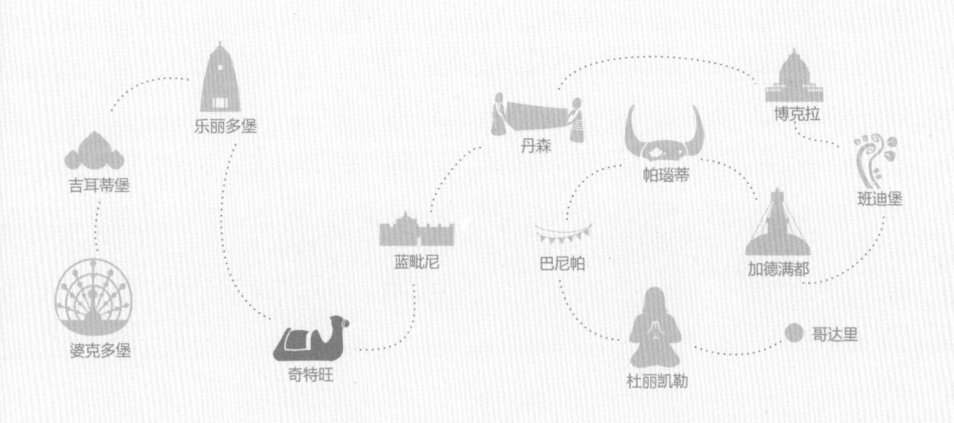

邂逅

当吉普车把我们送回奇特旺盖德旅舍的时候，我发现，那里已经被一群人包围了。他们身穿松垮的制服，看上去就好像一支游击队。仔细一瞧，他们不是游击队，是一群快乐的尼泊尔小学生。

和其他国家的小学生一样，尼泊尔的小学生也无法管控好自己的情绪：这些孩子手舞足蹈、大喊大叫，咧着嘴不停地在空地

NEPAL

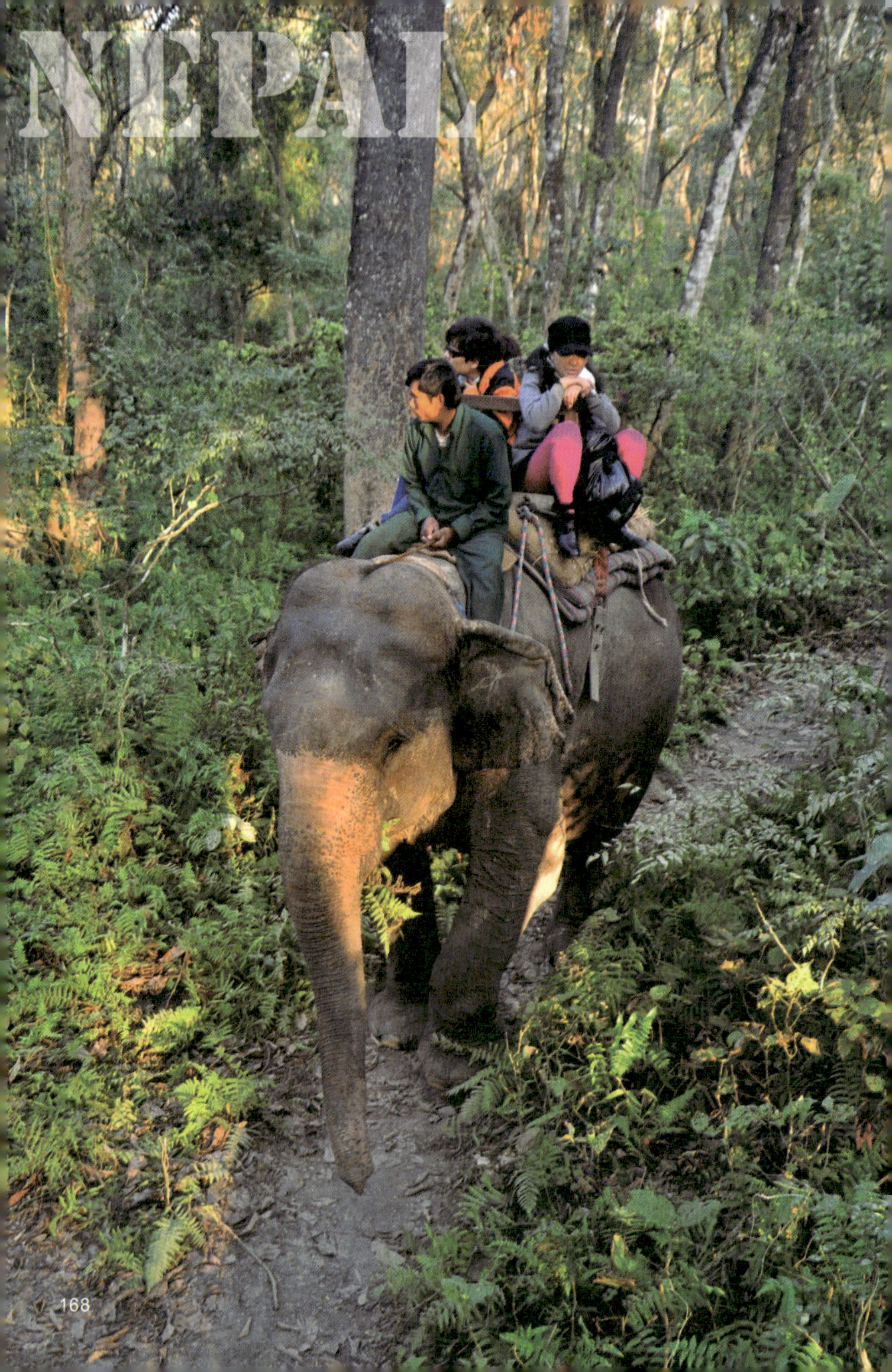

上奔跑,两辆大客车就停在边上,他们显然是来这里春游的。有时候,你会觉得毗湿奴是一位尤其可爱的大神,他特别公平:虽然这些孩子的学校没有那么漂亮,但他们的动物园却比其他国家孩子的大了十几万倍。小奥巴马竭尽全力在那里维持秩序,但是很明显,全世界的小学生都不会买"总统"的账,他们仍旧大喊大叫、手舞足蹈,咧着嘴不停地在空地上追逐打闹。

鉴于这个地方已经"沦陷",你感觉有什么东西随时都有可能爆炸,你决定立刻撤离:随便吃了一点东西之后,我们重新跳上了吉普车。这一次,塔鲁双侠并没有护送我们,同行的是一个相当富有的加德满都四口之家:爸爸看上去就好像一位摇滚明星,他上身穿着皮衣,下身穿着皮裤,脚上穿着皮鞋,头发梳得油光发亮,脖子上挂着手指一样粗的项链,满手都是金戒指,看得出,他恨不得在自己的每一截手指上都套上一枚金戒指。也许,他就是尼泊尔最著名的摇滚明星,可是我们不认识他;妈妈穿着一件华丽、合身的丝裙,看上去很有气质和涵养;漂亮的姐姐正在玩手机;可爱的弟弟独自在边上发呆。我们面对面坐着,但没有任何交谈,我们说着我们的汉语,他们说着他们的尼泊尔语。

突然,爸爸开口说了几句英语,然后他从皮衣的口袋里掏出了一把弹珠大小的绿色野果。这应该是一种野果,我不知道为什么我那么自信,其实我从来没有见过它们,我只是看到他们各自

NEPAL

拿起一颗，直接送进了嘴里。在这种情况下，即便你怀疑这种野果有毒，你也只能硬着头皮拿起一颗，将它直接丢进嘴里。你甚至来不及擦去它上面的灰尘。的确，这是一种野果，但它酸涩得让你根本睁不开眼睛。

我心想：
这种野果会不会真的有毒？
但尼泊尔大叔没有必要害死他自己。
这会不会是一出苦肉计？
但他没必要赔上自己老婆和女儿的性命。
他们会不会全都不想活了，所以要找人陪葬？
但是看上去，他们的生活非常安逸。
会不会他们突然破产了，所以商量好了一起寻死？
但他们正含着那些野果，对着你……微笑。

鉴于他们的微笑如此真诚，我也不得不忍住酸涩，回报了一个大大的微笑。但我相信，在我的微笑上面，他们肯定能够找到一双不情愿的眼睛。

三十分钟后，我们来到了另一片树林，这个地方据说名叫"**帕多摩堡**"（पदमपुर，padamapura，Padampur）。人们喜欢来这里骑大象。

我们挑了一头健壮的大象，然后爬上梯子，坐进了象轿。驯象师并没有和我们坐在一起，他独自骑在象头上，双手合抱在胸前，看上去很潇洒。他的手里还握着两样武器：一根短棍和一把斧子。

大象是一种非常自我的动物，即使你坐在它身上，而且你的分量其实不轻，它也会假装不知道。想去哪里，它就去哪里，你只能由着它的性子带你四处兜风。有时候它饿了，它还会停下来吃一些点心。你很焦虑，所以你不得不用短棍敲打它的脑袋，但它毫不在意，仍然一边目不转睛地盯着自己的女朋友，一边借助长鼻子大把大把地往嘴里塞东西。它会吃到饱为止。

大象同样记仇。别以为它忘了你刚刚敲打过它的脑袋。吃饱后，它就会带你钻进树林。它算得很精准，那些树枝总是比它正好高出三四公分，那是一种报复，假如你想保住自己的脑袋，你必须随时举着斧子砍断那些树枝。

大象一扭一扭地在鹿群中漫步，放一个屁，拉一泡屎，有时候还要和老朋友聊上几句。一个半小时很快就过去了，它又把你送回了起点。

回程的路上，那对父女在吉普车上不停地说着悄悄话，其实，就算他们说得再大声，我们也完全听不懂。突然，尼泊尔大叔又说起了英语：

"我的女儿想跟'你们'（you）拍一张照片。"

"好的。"

她的女儿坐到我身边，他用手机一连拍了几十张照片。

过了五分钟，他又问：

"其实，我的女儿想单独和'你'（you）拍一张照片。"

"没有问题……"

英语真是一门特别糟糕的语言，"你们"和"你"的说法竟然完全相同。他的女儿又来到了我的身边，这一次，她没有再离开。她问了我许多问题，比如，来自哪里，要去何处，什么时候再来，怎样看待这里的生活，反正都是一些哲学问题。最后，她腼腆地要走了我的电子邮箱。

吉耳蒂堡　乐丽多堡　丹森　帕瑙蒂　博克拉　班迪堡　婆克多堡　蓝毗尼　巴尼帕　加德满都　奇特旺　杜丽凯勒　哥达里

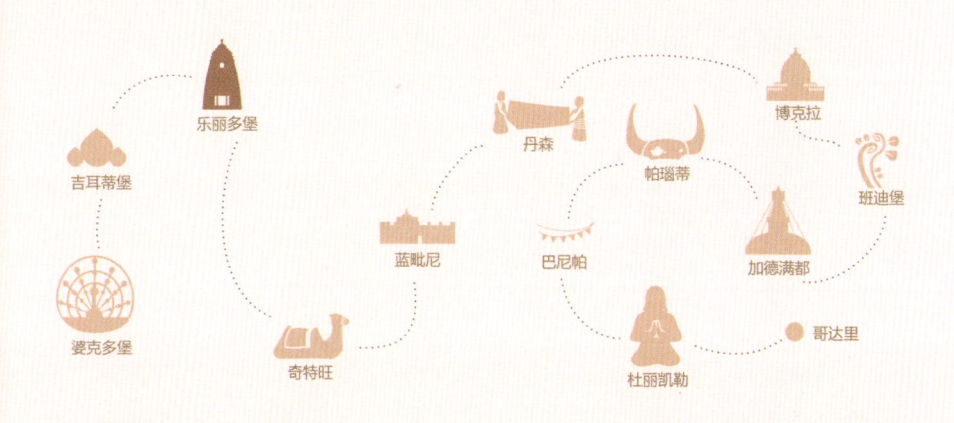

精　致

一个白人老头把我拉到一个角落，然后神秘兮兮地告诉我：那些观光巴士开得比TATA要快整整一千倍。于是回加德满都的时候，我们坐上了一部装有空调、真皮座椅和自动门的奔驰牌大客车。

自动门绝对是一项伟大的发明。尼泊尔的TATA售票员都有一个坏毛病，他们懒得为每一位乘客不停地打开车门，所以他们也从来不关车门。如果一路顺遂，那倒没什么，如果路途颠簸，问题就来了：车门有时候会自己合上，那你就会看到他们冲着那东西大发雷霆的样子，然后，他们会想尽一切办法把那扇不听话的车门活活地卡死；现在好了，有了自动门之后，所有的问题都解决了，售票员少了烦恼，空调发挥了功效，真皮座椅也变得更加舒适了。

NEPAL

　　那个老头没有骗我。观光巴士果然开得更快，不一会儿，它就把我们送回了巴格马蒂地区，但是进入**塔丁**（धादिङ，dhādiṅa，Dhading）县之后，公路突然变得很窄，观光巴士减慢了速度。这就好像一级方程式的摩纳哥大奖赛，即便你的奔驰赛车开得再快，那也没用，因为在这么狭窄的道路上，你根本无法超车，好在窗外的风景很美：蔚蓝的天空、碧绿的河水、乳白的河滩，当地居民穿着最绚丽的衣服从最朴素的房子里走出来，他们就那样无所事事地站在那里，凝视着你的车、四周的树林和层层叠叠的崖壁……我也朝崖壁下望了一眼，河里有两辆四脚朝天的TATA，它们看上去就好像两只已经死掉了几十年的乌龟。这条河名叫"**缇舒丽**"（त्रिशूली，triśūlī，Trishuli），它的名字来自湿婆神手里的那把大叉子**缇舒辣**（त्रिशूल，triśūla，Trishula）。名副其

实，缇舒丽河既夺目又危险，所以有时候，车开得太快也未必是一件好事。

为了服侍好我们这些娇生惯养的外国游客，观光巴士还专门预留了一个小时午餐时间。司机将大客车停在了一家三流餐馆门口，他大概是这家餐馆的股东，餐馆里的炒饭比其他地方至少贵出三倍。所以我只好拿出一包薯片和一瓶可乐，独自坐在路边，看着那些TATA从眼前一辆接一辆经过。它们的确开得很慢，就好像几只慢吞吞的老乌龟，但我们的奔驰牌大客车却是一只正在打瞌睡的兔子。打完瞌睡之后，它体贴地把我们送到加德满都的外国游客集散中心：泰米尔区。

然后，我们自己乘车来到了与加德满都只有一河之隔的**乐丽多补罗**（ललितपुर，lalitapura，Lalitpur）。

乐丽多补罗是尼泊尔的第三大城市，事实上，它也是尼泊尔最精致的城市，因为在梵语中，"**乐丽多**"（ललित，lalita）的意思就是"精致"，"**补罗**"（पुर，pura）的意思就是"带有围墙的城镇"。很奇怪，中文当中也有一个字可以解释成"带有围墙的城镇"，而且当我们这么理解它的时候，它的读音正好也和"补罗"差不多：**堡**（bǔ）。这个读音现在确实不常用，或许它原本就是外来语，毕竟汉语中，有很多来自印度的词汇，只是我们不太留意罢了。总之，我更喜欢直接把这座城市称为"乐丽多堡"。

关于这个地名的来源，还有另一种说法：据说从前，当地一

NEPAL

摩诃佛陀寺

直都不下雨，鉴于田里的庄稼都快要被毒辣的太阳烤焦了，那些农民都非常焦虑。后来，有一个名叫"乐丽多"的大英雄挺身而出：他和几个朋友一起长途跋涉，从**阿萨姆**（असम，asama，Assam）千辛万苦搬回了一尊红色的摩钦陀罗尊者神像。雨神入驻后，这里当然就立刻开始下雨了，人们很高兴，于是就用英雄的名字重新命名了这个地方。

"乐丽多堡"究竟是怎么来的，其实并不重要，因为实际上，当地人更愿意叫它**"帕坦"**（पाटन，pāṭana，Patan）。乐丽多堡过去也被人们称为**"乐丽多帕坦"**（ललितपाटन，lalitapāṭana），"帕坦"是它的简称；当然，尼瓦尔人也会叫它**"亚辣"**（यल，yala）。他们认为，这座城市最早是一位名叫**"亚朗巴罗"**（यलम्बर，yalambara）的国王建立的，"亚辣"正是这位国王名字的缩写。有时候，你真的会被尼泊尔人搞糊涂，他们似乎可以随意切割各种词语。

无论如何，当我们真正踏进乐丽多堡，或者说帕坦，或者说亚辣的时候，我们发现，它的确是一座精致的城市。博物馆里聚集着精致的工艺品，街头散布着精致的寺庙和精致的人：

好客的年轻人一共只会三句英语，但他还是走过来跟你热情地打了一个招呼，你以为他会带你四处转一转，他却带你去了他和老朋友聚会的地方；

177

NEPAL

俊俏的藏族小沙弥站在**金色大寺**（हिरण्यवर्ण महाविहार，hiraṇyavarṇa mahāvihāra，Golden Temple）的佛像前若有所思，没有人知道，他就是这家寺庙的主持；

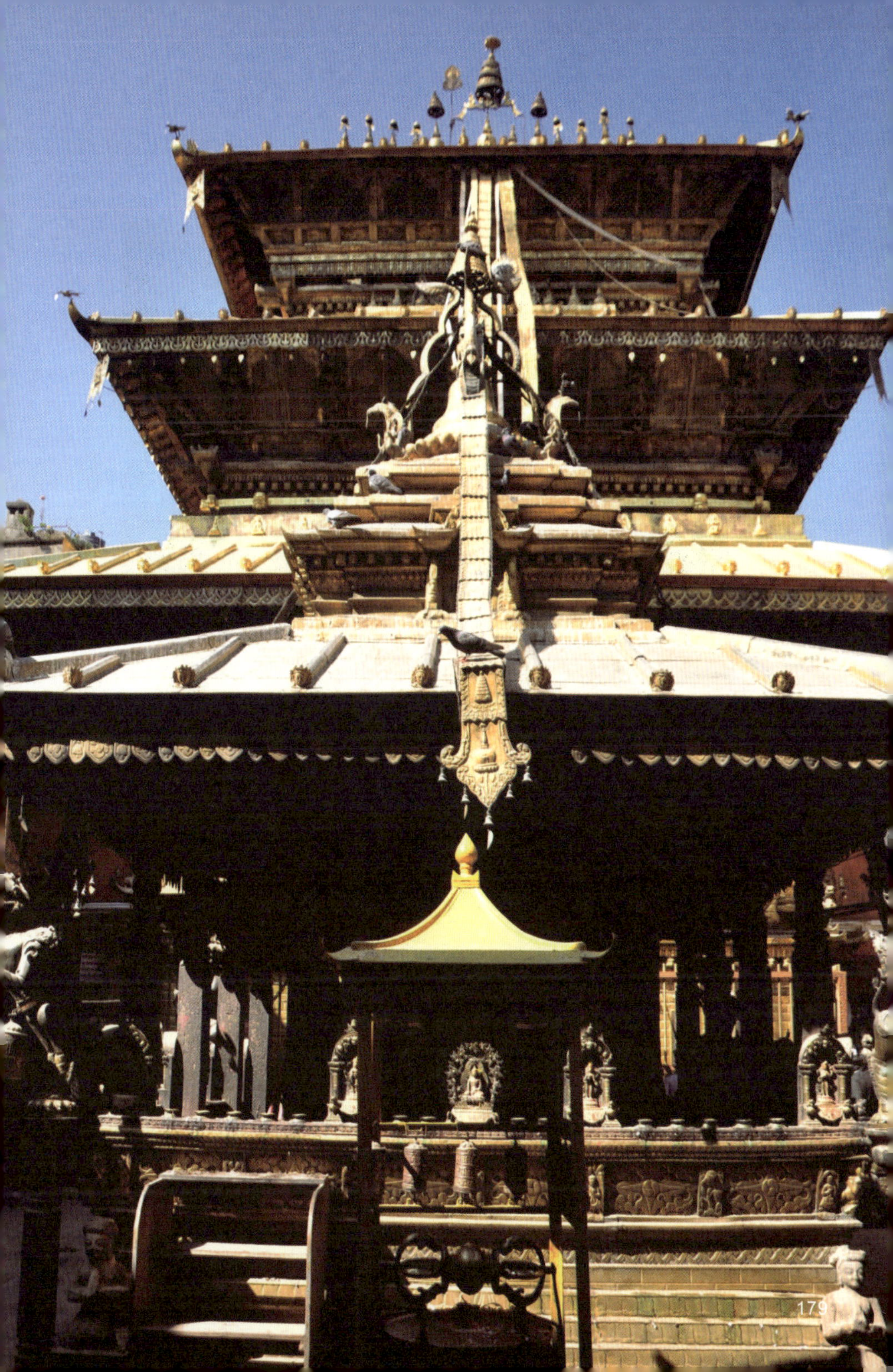

NEPAL

须发早已经全白的苦行老僧盘腿坐在**鸠培舍婆罗大天神庙**（कुम्भेश्वर महादेव मन्दिर, kumbheśvara mahādeva mandira, Kumbheshwar Mahadeva Temple）前精心冥想，他的布袋里放着一只苹果；

喇嘛转动了**楼陀罗瓦纳大寺**（रुद्रवर्ण महाविहार, rudravarṇa mahāvihāra, Rudra Varna Mahavihar）的经筒；德高望重的婆罗门召集大家在杜巴广场上开会；

出身高贵的在世童女神**鸠摩里**（कुमारी, Kumārī, Kumari）则坐在她的小阁楼里浑身战栗，她的脸蛋很漂亮，和金色大寺里的主持正好是天生的一对……

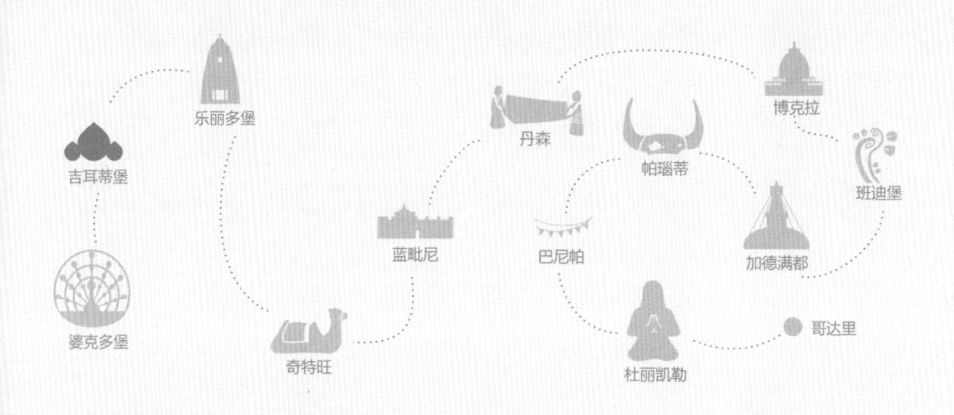

吉耳蒂堡　乐丽多堡　丹森　帕瑙蒂　博克拉　班迪堡　蓝毗尼　巴尼帕　加德满都　婆克多堡　奇特旺　杜丽凯勒　哥达里

荣　耀

所有人都下了车，所以我们也下了车，看来公共汽车只能把我们送到这里。我抬头望了一眼，还好，不算太远，**吉耳蒂堡**（कीर्तिपुर，kīrtipura，Kirtipur）的杜巴广场和老城就在上面。鉴于这两天我的左脚和肚脐都莫名地感到疼痛，我其实并不想爬山。我搞不懂尼泊尔人为什么总喜欢把他们的城市建在高耸的山顶，廓尔喀是这样，班迪堡和丹森也是这样。在中国，只有山大王和奸商如此热爱"山寨"。

吉耳蒂堡的路很陡，这种地方绝对易守难攻。如果你想在这里落草当山大王，你只需再为你的山寨砌一道矮墙。那就足够了，我敢打赌，这里即刻就会变成一座固若金汤的堡垒。

NEPAL

事实上，吉耳蒂堡的确曾有一道矮墙，它也的确曾是一座固若金汤的堡垒。三百年前，住在另一座山上的廓尔喀领袖颇哩提毗·那罗延·沙阿想要征服这里，于是，他派出了自己最英勇的士兵。那些士兵原本看不起这座小小的尼瓦尔山寨，但是最终，他们围攻了整整十年。十年之后，他们才凭借毅力赢得了胜利者的荣耀。

然而俗话说，惨胜如败。颇哩提毗·那罗延·沙阿牺牲了很多士兵，所以他赢得并不开心。因此攻破城门之后，为了泄愤，他割下了所有吉耳蒂堡人的嘴唇和鼻子。直到现在，那些当地人还会自豪地向你展示：正是由于这个原因，他们的鼻子才长得特别娇小可爱。他们也用倔强换来了失败者的荣耀。

吉耳蒂堡不愧为荣耀之城，事实上，"吉耳蒂堡"在梵语中就是"荣耀之城"的意思。

我们终于爬到了山

顶。山顶上有一座挂满廓尔喀军刀的**师利巴格陪胪神庙**（श्री बाघ भैरव मन्दिर, śrī bāgha bhairava mandira, Shri Bagha Bhairav Temple）。陪胪有三只眼睛，就好像杨戬一样，他也会七十二般变化，当他变成老虎之后，人们就会叫他**"巴格陪胪"**（बाघ भैरव, bāgha bhairava, Bagha Bhairav），因为在当地语言中，**"巴格"**（बाघ, bāgha）的意思就是"老虎"。胖乎乎的老虎陪胪长得尤其可爱，他既没有牙齿，也没有舌头，但却是吉耳蒂堡的守护神，当地人都很喜欢他。为了饲养这只可爱的大老虎，当地人每周都会来这里献祭活鸡，柱子上还钉着十几对水牛角，这很容易理解：有时候，这只老虎的胃口特别大。

然后，我们又走进了辩才天女**娑罗室伐底**（सरस्वती, sarasvatī, Saraswati）的神庙，在那里，**狄里布凡大学**（त्रिभुवन विश्वविद्यालय, tribhuvana viśvavidyālaya, Tribhuvan University）化学系的一位大学生告诉我们，每次考试之前，他都会来这里转三圈。我不知道这座神庙到底灵不灵，但我也绕着它转了三圈，因为我喜欢既聪明又漂亮的女神。狄里布凡大学是尼泊尔仅有的九所大学之一，它的名字来自于尼泊尔的一位国王，据说，它总共有六十万注册学生。它就在吉耳蒂堡的山脚下。

乌玛和摩醯舍婆罗

　　吉耳蒂堡还有一座**乌玛-摩醯舍婆罗神庙**（उमा महेश्वर मन्दिर，umā maheśvara mandira，Uma-Maheshwar Temple），这里是大学生谈情说爱的圣地，因为**乌玛**（उमा，umā，Uma）其实就是雪山女神钵伐底，**摩醯舍婆罗**（महेश्वर，Maheśvara，Maheswar）其实就是钵伐底的老公湿婆。这对模范夫妇是年轻人的偶像，他们象征着美好的姻缘和忠贞的爱情。你会发现，大门上，乌玛的名字

永远写在摩醯舍婆罗的前面,这是为了提醒你,恋爱的时候,你必须永远让着你的女朋友,不然,你就会倒大霉;走进神庙之后,你又看到了并肩站立的乌玛和摩醯舍婆罗石像,这是为了告诉你,结婚后,你就不用再害怕你的老婆了,你们终于获得了平等相处的机会。神庙前方还有两头长牙已被砍去的石象,它们显得并不友善,你能清楚地看到它们背上的那几排钢钉,你当然不会骑在它们身上。很明显,这是为了告诫那些少年儿童,这种地方并不适合他们。

结过婚之后,如果你们还想生小孩,那你就得去隔壁**陀罗底摩多**(धरति माता,dharati mātā,Dharti Mata)的祭坛拜一拜。陀罗底摩多也是一位女神,她负责整个国家的生育。

185

NEPAL

吉耳蒂堡对面有一个和吉耳蒂堡差不多的小山头，它的名字叫作**"卓婆罗"**（चोभार，Cobhāra，Chobhar），在那里，我们能够望见文殊菩萨当年落剑劈开大山的地方。但是鉴于我们不会飞，我们必须首先回到山脚下。山脚下有一座泰国风格的佛教寺庙，人们修建它，是为了悼念二十年前发生在附近的一起空难事故。

当我们再次开始爬山的时候，我的肚脐突然痛得就好像快要被文殊菩萨劈开了一样。我很担心，于是探究了一下原因：里面好像真的有一个小东西，我将它连血带肉拔了出来。那是一只八条腿的灰色小虫。然后，我又在左脚的脚趾间发现了另一只一模一样的虫子。谷歌告诉我，它们的名字叫作"蜱虫"，喜欢寄生在其他动物身上，靠吸血为生。我不知道自己是什么时候被它们看上的，可能是在奇特旺的树林里，也可能，它们已经待在那里很长时间了。蜱虫本身的毒性并不强，但它们可以传播十多种致命疾病，有一些的潜伏期甚至超过了十年。这就意味着，今后十年里，我随时都将面对死亡的考验。

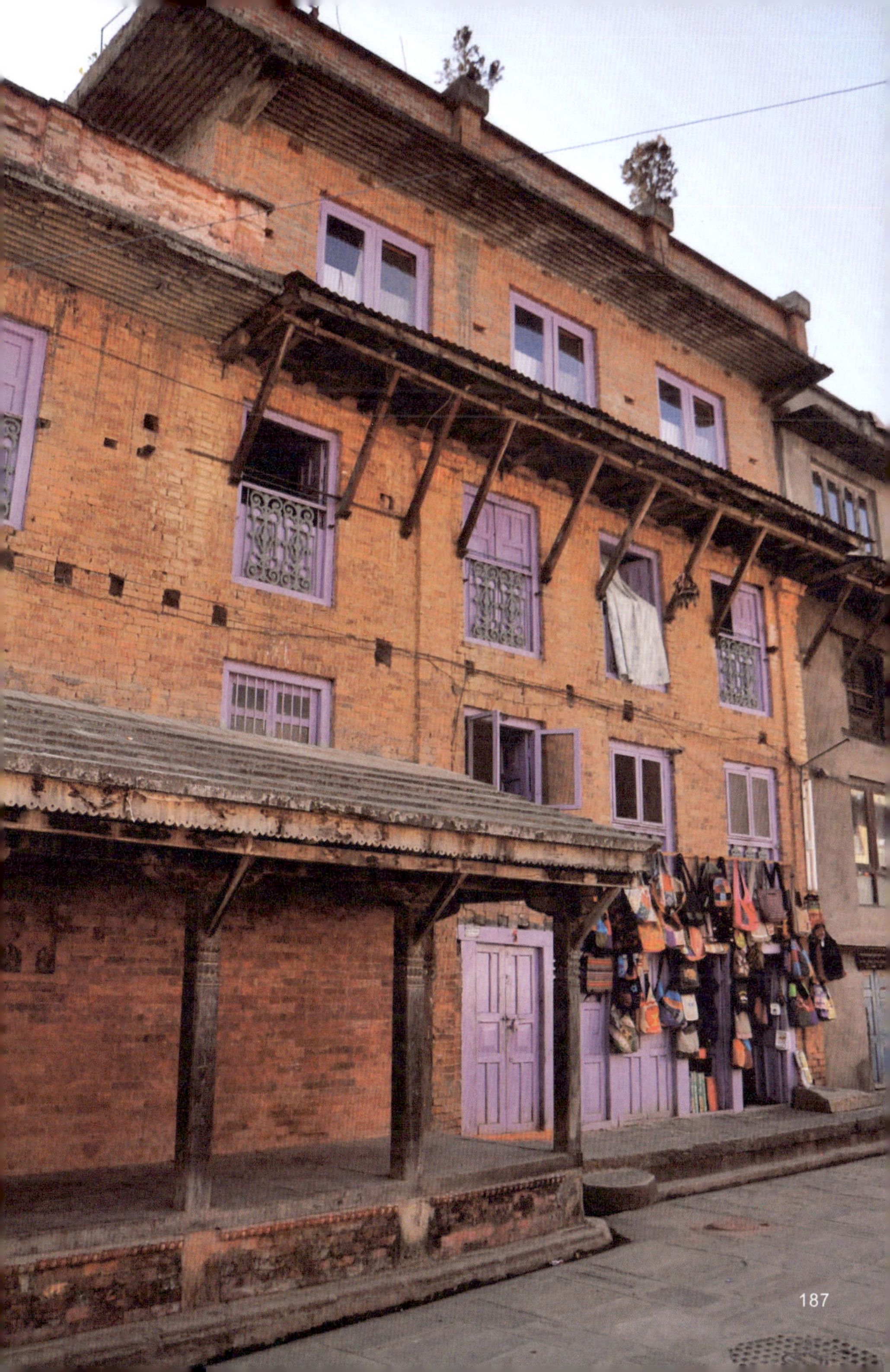

NEPAL

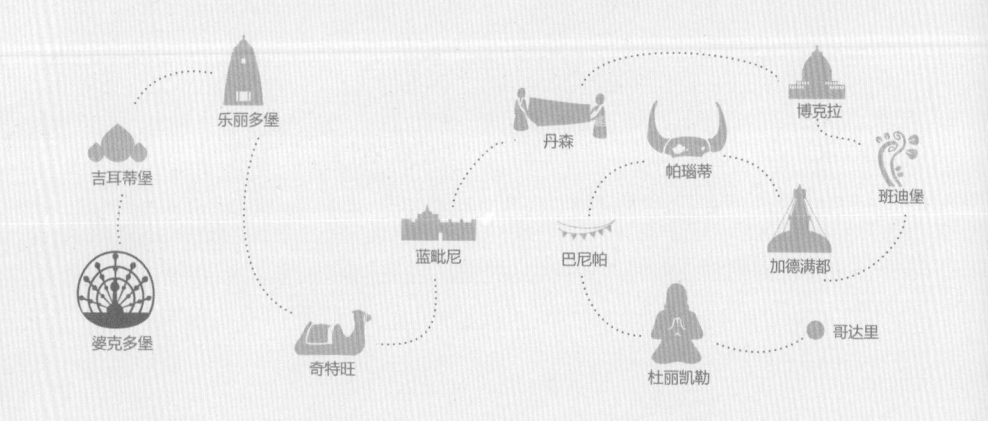

乐丽多堡
吉耳蒂堡
婆克多堡
奇特旺
蓝毗尼
丹森
巴尼帕
帕瑙蒂
杜丽凯勒
博克拉
班迪堡
加德满都
哥达里

兄弟阋墙

我们乘车来到了**婆克多堡**（भक्तपुर，bhaktapura，Bhaktapur）。

加德满都谷地总共有三座几乎连在一起的大城市：加德满都、乐丽多堡……还有，就是这里，婆克多堡。事实上，更早的时候，婆克多堡才是这个国家的首都，直到马拉王朝出现了一位名叫**"夜叉·马拉"**（यक्ष मल्ल，yakṣa malla，Yaksha Malla）的国王。这位夜叉国王并不像他的名字那样凶残，事实上，他过于仁慈：为了让每一个儿子都能够过得幸福，他把他的王国分成了好几块：最富饶的加德满都给了他最爱的儿子**罗怛那·马拉**（रत्न मल्ल，ratna malla，Ratna Malla），原来的首都婆克多堡理所当然地给了大儿子**罗亚·马拉**（राय मल्ल，rāya malla，Raya Malla），乐丽多堡由几个儿子共同掌管，即便他最不喜欢的儿子，也分到了巴尼帕这样的小国。尼泊尔于是变成了中世纪的欧洲：同时出现了好几个独立的国家，它们互相敌对、野心勃勃，但它们的国王，其实又都是亲戚。这些全都以"马拉"为姓的小国国王一起折腾了将近三百年，他们谁都没有征服谁，但另一支更强大的军队已经来到了他们面前。

吉耳蒂堡大战之后又过了两年，廓尔喀人在这座城市，对屡战屡败、屡败屡战的尼瓦尔人发起了最后一击。尽管这一次，为了马拉王朝的最后一点香火，湿婆和佛祖都拼尽了全力，但他们还是没能改变尼瓦尔人的命运。婆克多堡的城门最终被攻破，尼

NEPAL

瓦尔人的那些国王只好逃去了印度，已变成老沙阿的小沙阿也终于完成了他和他爸爸的统一夙愿。

时至今日，尽管马拉王朝早就已经烟消云散了，甚至连沙阿王朝都已经完蛋了，但是作为马拉王朝的都城和最后据点，以及联合国教科文组织《世界遗产名录》冗长名单上的一员，婆克多堡当然还是会为我们带来惊喜：

鉴于我们都是Chinese People，买门票的时候，我们收到了第一份惊喜：只要100卢比，比其他游客便宜1000卢比。我不确定，我们的那些港、澳、台同胞是否也能享受这项优惠。不管他们是不是爱国，当他们来到这里的时候，他们也可以拿出自己的护照，指着上面的"China"告诉卖票的人，自己其实也是Chinese People。

更大的惊喜是尼瓦尔人的精湛技艺。

进城之后，我们立刻看到了几家甜品店，它们只卖同一种甜品："**珠珠陶**"（जुजु धौ，juju dhau），直译过来就是"凝乳之王"。这种东西不但好吃，节日里，当地人还用它们来为那些神佛洗澡。

孔雀窗（म्ह्यखाइय्याः，mhayakhājhyāḥ，¨Peacock Window）也是婆克多堡的特产。它们都是圆形的，上面有一只正在开屏的孔雀，这种木窗的确非常好看，而且据说，它们都是靠人手一点一点雕出来的。老板会说几句中文，他还在铺子的门楣上竖起了一

NEPAL

块中文牌子："我们2012年参加过中国成都第十三届中国西部国际博览会"。如果我家有圆形的窗户，我一定也会买一扇带回家。

街头还有许多贩卖绣花鞋和吊线木偶的小店，这些都是当地人的手艺。

神人面具是婆克多堡的另一大土特产。事实上，**"夸帕"**（ख्वप，khvapa，Khwopa）直译过来就是"面具"的意思，它正是婆克多堡的尼瓦尔名字。

尼亚多波勒咖啡馆（Café Nyatapola）是一座二层危楼，古代的一位尼泊尔国王为古代的外国游客专门建造了这座砖木结构的房子，在这里，你能喝到尼泊尔最正宗的玛萨拉茶。

当然，鉴于尼瓦尔人非常虔诚，对于他们来说，最重要的还是那些寺庙。在梵语中，"婆克多堡"其实就是"信徒之城"的意思。

从尼亚多波勒咖啡馆望出去，你立刻就能看到两座高大的寺庙：人们为身材非常壮实的陪胪修了一座非常壮实的三层楼**陪胪尊者神庙**（भैरवनाथ मन्दिर, bhairavanātha mandira，Bhairavanath Temple），又为身材非常高挑的吉祥天女**罗乞什密**（लक्ष्मी, lakṣmī，Lakshmi）修了一座非常高挑的五层楼**尼亚多波勒神庙**（न्यातपोल मन्दिर, nyātapola mandira，Nyatapola Temple）；婆克多堡的杜巴广场上还有

NEPAL

婆克多堡的杜巴广场

尼亚多波勒神庙

几座漂亮的金字塔形神庙，它们的台阶上都整齐地摆放着巨大的石头神像；还有一座神庙也叫作"帕舒帕蒂纳特"。我不知道它是否跟巴格马蒂河边的那座帕舒帕蒂纳特长得很像，因为我从来没有见过那座神庙的真实样子，他们禁止异教徒靠近它。尽管这座帕舒帕蒂纳特粗看上去并没有什么特别，但是如果你仔细观察，你就会发现，它的梁柱上，其实雕满了各式各样的春宫图。哦，这些都是尼瓦尔人的智慧结晶，他们对那些姿势的研究比日本人还要详尽一千倍，你只需偷看两眼就能够受益匪浅。那座帕舒帕蒂纳特也许正是因为担心泄密，所以才禁止我们这些异教徒靠近它。

婆克多堡是我们在尼泊尔的最后一站，第二天，我们将乘飞机离开这个国家。尼泊尔的故事就此告一段落。

NEPAL

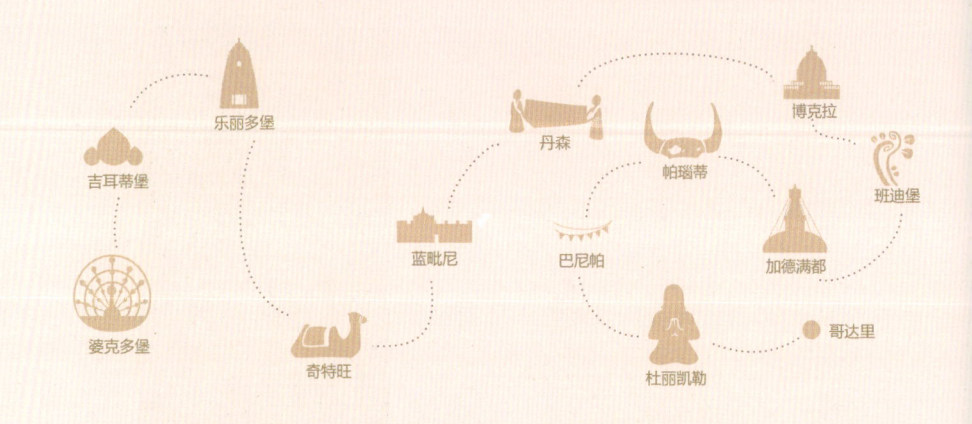

吉耳蒂堡　乐丽多堡　丹森　帕瑞蒂　博克拉　班迪堡　蓝毗尼　巴尼帕　加德满都　婆克多堡　奇特旺　杜丽凯勒　哥达里

尾声：尼泊尔的历史……

  本书因历史开始，我想，它最好也以历史终结。所以最后，我将总结尼泊尔的历史。

  说到历史，每个国家都有，尼泊尔当然也不例外。但历史到底是什么东西？翻开词典，我们可以找到"历史"这个词条的明确定义："对事实的记录"。那么问题来了，我们知道，事实上，没有任何一个国家可以保证它们记录的东西完全与事实吻合……而且，尼泊尔的情况可能更糟糕一些：

  据我们所知，这个国家在早期根本没有明确的国家认同，它只是一块疆界模糊的地域。那块地域生活着一些人，有时候，他们是一群人，但更多的时候，他们是好几群人。他们各自拥立国王，他们的民族、语言、文化和风俗也各不相同，在朝代更迭中，他们先后来到了舞台中心，然后又突然离开了人们的视野，并尽可能地带走了他们之前带来的所有东西。

尽管大多数尼泊尔人都坚信，他们的历史非常悠久，而且为了把自己和他们的邻居区隔开，他们往往还不忘刻意强调，他们从来都拥有独立的文化和领土，也许他们是对的，但他们手头掌握的证据其实并不多。直到公元11世纪，他们的婆罗门才开始系统而又粗糙地记录一些政治事件，并且，他们通常只关心历代国王的宗教功绩。由于没有连贯的文献，为了把他们的历史再往前追溯六七百年，他们只能依赖为数不多的几块石碑、出土的钱币和外国人的讲述；那些石碑当然不是专门用来记录历史的，他们没有这个习惯，但多少它们总会涉及一些重要或者不重要的历史事件，作为第一手资料，它们的内容显然更加可靠；至于那些钱币，它们也许只能证明某个王国曾经确实存在过，钱币上面只有一些国家和神明的名字，以及一些无关紧要的图案；而那些更详实的记录，恰恰都来自他们的邻居。中国古代有好几位伟大的旅行家：法显、玄奘、王玄策……和我一样，他们也写游记。更早之前，孔雀帝国开国皇帝**月护王**（चन्द्रगुप्त，candragupta）的谋臣**考底利耶**（कौटिल्य，kauṭilya）也曾在他的**《政事论》**（अर्थशास्त्र，arthaśāstra，Arthashastra）中大约提到过这么一块土地。除了这些依据，他们再也无法找到其他线索，为了补全他们的历史，他们只好翻看**《往事书》**（पुराण，purāṇa，Purana）。

197

NEPAL

　　《往事书》是一本什么样的书？事实上，它根本就不是一本书，而是一类书的总称。那么世界上共有多少本《往事书》呢？大概没人知道。光听名字，"往事书"倒是很像一套历史丛书，只可惜，它并不是。那些书的作者都是同一个名叫**"毗耶娑"**（व्यास，vyāsa，Vyasa）的……仙人，记载的主要内容：宇宙的创造、毁灭和再创造，神仙的家族，人类的诞生，以及早期人类的故事，它们更像是神话传说。

　　根据那些神话传说，现在尼泊尔的最核心区域，也就是那块被我们称为"加德满都谷地"的地方，曾有一面大湖，后来大名鼎鼎的文殊菩萨经过了那里，他施展法术，排干了湖水，又在空地上建了一座城市，并让一个名叫**"法持"**（धर्मकर，dharmakara）的人当了那座城市的国王。不久之后，文殊菩萨不见了，那个法持

继续当他的国王，但他没有儿子，所以他死后，另一个人坐上了他的位子，新国王的名字并不重要，反正几代人之后，一位**贾纳克**（जनक，janaka， Janaka）王子过来霸占了这个地方。这位王子的后代在这个地方统治了好几个世纪，直到他们断子绝孙，**高铎王国**（गौड़ राज्य，gauṅa rājya，Gauda Kingdom）的一位王子又过来霸占了这个地方。可是这位王子最终也难逃断子绝孙的厄运，于是一位商人坐上了这个国家的王座，然后轮到了一个牧牛人，他建立了**廊婆罗**

NEPAL

（गोपाल，gopāla）王朝，这个王朝延续了六百多年，然后又轮到了一个牧羊人，他建立了**阿希罗**（अहीर，ahīra）王朝，但**克拉底人**（किराँत，kirāṃta，Kirati）的领袖，也就是我们之前提到过的那位亚朗巴罗最终消灭了他们，并建立了一个属于猎人的王朝，这个王朝培养过二十九或者三十二位国王。紧随其后的，是一个只培养了五位国王的小王朝。而以上这一系列"历史"，统统没有任何证据。

尼泊尔有据可查的第一段历史从**离车人**（लिच्छवि，licchavi，Licchavi）的国家开始，也有一些当代人把它翻译成"李查维王朝"。他们的祖先来自**吠舍离**（वैशाली，vaiśālī，Vaishali），吠舍离位于今天印度的**比哈尔**（बिहार，bihāra，Bihar）。鉴于**曼·提婆**（मानदेव，mānadeva，Mana Deva）是一位非常伟大的非常国王，人们在石碑上刻下了他的功绩，他在公元5世纪统治了尼泊尔四十二年，那个"尼泊尔"的大小相当于今天尼泊尔的六分之一。离车人的统治后来经历了一次波折，有人抢走了他们的王位，但曼·提婆的后代又在松赞干布的帮助下，把王位抢了回来。

鉴于尼泊尔人只有断断续续的历史，我们只知道，突然有一天，尼泊尔的王冠又被戴上了一个**塔库里人**（ठकुरी，ṭhakurī，Thakuri）的脑袋。公元880年，**罗阁婆·提婆**（राघवदेव，rāghavadeva，Raghava Deva）建立了尼泊尔的新纪元。

之后，罗阁婆·提婆的后代一直管理着这个国家，直到阿里·提婆的祖先接管了尼泊尔。当王位传到阿里·提婆那里的时候，正如我们之前说过的那样：由于他为自己的儿子改了一个姓氏——马拉，尼泊尔的历史多了一个名叫"马拉王朝"的朝代。从那些精美的尼瓦尔建筑我们可以得知，这个朝代的贵族都非常热爱艺术，后来一直留在中国工作的阿尼哥也是这个家族的成员。

公元1428年，马拉家族的夜叉·马拉当上了尼泊尔的国王。这位夜叉能征善战，他将尼泊尔的国土扩大到了今天的一半，但是临死之前，他做了一件蠢事：将土地分给了每一个儿子。加德满都谷地于是成了三分天下：民主的婆克多堡、专制的加德满都，以及菁英治下的帕坦。无论他们采用哪一种政体，不团结的马拉家族最终都因国力不济败给了颇哩提毗·那罗延·沙阿。1768年，廓尔喀人入主中原，尼泊尔进入了沙阿王朝的时代。

尼泊尔的军事实力由此变得空前强大，颇哩提毗·那罗延·沙阿的儿子**巴哈杜尔·沙阿**（बहादुर शाह, bahādura śāha, Bahadur Shah）在为侄子摄政期间，不仅击败了许多土王，进一步开辟了尼泊尔的疆土，还派军队两次入侵了中国西藏。既然无法从中国那里捞到便宜，那些沙阿又开始向已被英国人占领的印度发起了进攻，英国人当然也不是省油的灯，尼泊尔和英国经常打得难解难分。

然而，王族内乱毁掉了这个家族，一位名叫姜格·巴哈杜尔·拉纳的首相1846年在英国人的支持下，趁机霸占了国家，开启了拉纳家族长达百年的统治。好在1950年，**狄里布凡·沙阿**（त्रिभुवन शाह, tribhuvana śāha, Tribhuvan Shah）又在印度的支持下，轰走了拉纳家

NEPAL

族，恢复了沙阿王朝。

第二年，狄里布凡·沙阿宣布尼泊尔开始实行君主立宪制。但他死后不久，他的儿子又恢复了君主制。然后他的儿子也死了，他儿子的儿子又再次恢复了君主立宪制。

后面的事情大家应该都知道了：2001年，一场宫廷枪击事件杀死了许多尼泊尔王室成员，包括当时的尼泊尔国王——狄里布凡的孙子**比兰德拉·沙阿**（वीरेन्द्र शाह，vīrendra śāha，Birendra Shah）。狄里布凡的另一位孙子贾南德拉·沙阿于是当上了国王，贾南德拉原本想要再次恢复君主制，但却失败了，几年后，他反而和整个沙阿王朝一起被尼泊尔人民推翻了。2008年，尼泊尔变成了一个联邦民主共和国。直到本书出版，这个国家仍保持着这种状态。

图书在版编目（CIP）数据

众神在上：尼泊尔的人间烟火 / 苏迪著. -- 上海：上海社会科学院出版社，2018
　ISBN 978-7-5520-2254-4

Ⅰ. ①众… Ⅱ. ①苏… Ⅲ. ①游记—作品集—中国—当代　Ⅳ. ①I267.4

中国版本图书馆 CIP 数据核字（2018）第 059793 号

众神在上：尼泊尔的人间烟火

苏迪　著

责任编辑：章斯睿
装帧设计：周清华
内文排版：彭彭
出版发行：上海社会科学院出版社
　　　　　上海顺昌路 622 号　邮编 200025
　　　　　电话总机 021-63315900　销售热线 021-53063735
　　　　　http://www.sassp.org.cn　E-mail：sassp@sass.org.cn
印　　刷：上海景条印刷有限公司
开　　本：890×1240 毫米　1/32 开
印　　张：6.75
字　　数：141 千字
版　　次：2018 年 8 月第 1 版　2018 年 8 月第 1 次印刷

ISBN 978-7-5520-2254-4/I·277　　　　　定价：48.00 元

版权所有　翻版必究